El libro
de Catherine

D0376862

Karen Cushman

El libro
de Catherine

Título original: *Catherine, called Birdy.*
Copyright © by Karen Cushman, 1994

© Ed. Cast.: Edebé, 1997
Paseo San Juan Bosco, 62
08017 Barcelona

Diseño gráfico de la colección: DMB&B.
Traductora: Sonia Tapia.
Ilustraciones interiores y cubierta: Miguel Ángel Parra.

ISBN 84-236-4600-9
Depósito Legal B. 43226-97
Impreso en España
Printed in Spain
EGS -Rosario, 2- Barcelona

*Este libro está dedicado a Leah, Danielle,
Megan, Molly, Pamela y Tama,
y a la imaginación, esperanza y tenacidad de
todas las jóvenes.*

Septiembre

12 DE SEPTIEMBRE

Me han mandado que escriba un diario, contando las cosas que hago cada día.

Estoy llena de picaduras de pulga y harta de mi familia. No tengo más que decir.

13 DE SEPTIEMBRE

Hoy debe de dolerle mucho la cabeza a mi padre de tanto beber, porque antes de cenar ya me ha zurrado dos veces en lugar de una. Espero que un día se le reviente el hígado.

14 DE SEPTIEMBRE

Se me ha vuelto a enredar el hilo de la costura. ¡Dios Santo, qué tortura!

15 DE SEPTIEMBRE

Hoy ha estado brillando el Sol todo el día. Los campesinos se han dedicado a sembrar heno, recoger manzanas y pescar en el arroyo, mientras que yo, enjaulada en casa, me he pasado dos horas bordando un paño para la iglesia. Encima, cuando mi madre lo ha visto, me ha obligado a deshacerlo y me he tirado tres horas más. ¡Ojalá yo fuera una campesina!

16 DE SEPTIEMBRE

Todo el día cosiendo. Se me ha enredado el hilo varias veces.

17 DE SEPTIEMBRE

Todo el día desenredando los nudos de la costura.

18 DE SEPTIEMBRE

Si mi hermano cree que escribir este diario me ayudará a ser más madura e instruida, que lo haga él. Yo no pienso escribir una letra más. Ni dar una puntada más. Ni comer más. Para que vean lo madura que soy.

19 DE SEPTIEMBRE

¡Lo conseguí! Mi madre y yo hemos llegado a un acuerdo. No volveré a coser más, a condición de que haga caso a Edward y continúe escribiendo este diario. Mi madre no es muy partidaria de la escritura, pero desea complacer a Edward, sobre todo ahora que se ha marchado para hacerse monje. Y desde luego yo haría cualquier cosa por librarme del aburrimiento mortal que me supone la costura. Así que escribiré.

A partir de aquí doy comienzo a mi libro, el libro de Catherine, el Pajarillo, como me llaman, hija de Rollo y de *lady* Aislinn, hermana de Thomas, Edward y del asqueroso de Robert, del pueblo de Stonebridge, en el condado de Lincoln, Inglaterra, bajo el designio de Dios. Lo inicio hoy, día 19 de septiembre del año de Nuestro Señor 1290, año en que cumpliré catorce años de edad. Los pergaminos en que escribo son de mi padre, sobras de los que utiliza para llevar las cuentas de la casa, y la tinta también es suya. Aprendí a escribir gracias a mi hermano Edward, pero las palabras son mías.

Hoy me he quitado veintinueve pulgas.

20 DE SEPTIEMBRE

Esta mañana, persiguiendo a una rata con una escoba, acabé prendiéndole fuego a la escoba. Me he desecho de mi labor de bordado tirándola por la letrina. He comido muchísimo. Estaba enfadada y me he escondido en el granero a refunfuñar. He incordiado al pequeño ayudante de cocina hasta que se ha puesto a llorar. He sacudido los colchones y he sacado fuera las sábanas para que se aireen. Me he estado escondiendo todo el día de Morwenna, que siempre me manda alguna tarea. Después de cenar, he recogido las sábanas, que se me habían olvidado y estaban húmedas por el rocío. Morwenna me ha echado un sermón y me ha pegado. He pellizcado a Perkin y me he venido a la cama. Y después de haber escrito esto, Edward, no me siento ni más madura ni más instruida que antes.

21 DE SEPTIEMBRE

Algo se está cociendo. Lo noto por la forma en que me mira mi padre, como si fuera un caballo o un semental recién comprado. Me sorprende que no haya querido examinarme las pezuñas.

Además, me hace preguntas. Y eso que el bestia de mi padre nunca se dirige a mí si no es para darme una bofetada o un cachete en las nalgas. Esta mañana me suelta: «¿Cuántos años tienes exactamente, hija?»

Por la tarde: «¿Conservas todos los dientes? ¿Sueles tener buen aliento o te huele la boca? ¿Comes bien? ¿De qué color es tu pelo cuando lo llevas limpio?»

Antes de cenar: «¿Sabes coser? ¿Vas bien de vientre? ¿Sabes mantener una conversación?»

¿Qué estará tramando?

A veces echo de menos a mis hermanos, incluso al asqueroso de Robert. Ahora que Robert y Thomas están al servicio del rey y Edward se ha marchado a su abadía, mi padre no tiene a nadie con quien meterse y la toma conmigo.

22 DE SEPTIEMBRE

Hoy he vuelto a convertirme en esclava de la aguja. He tenido que bordar sábanas de hilo con mi madre y sus damas en la cámara principal. Por suerte, esta estancia es agradable, grande y soleada. A un lado está el enorme lecho de mis padres y, al otro, un mirador que se abre al mundo, del cual yo disfrutaría enormemente si no tuviese que estar cosiendo. Desde allí se ve todo el patio, las cuadras, la letrina y el establo de las vacas, y también el río y el portón, detrás del cual se extienden los campos hasta más allá del pueblo. Las casas que bordean el camino desembocan en la iglesia. Perros, patos y niños corretean y juegan

mientras los campesinos aran la tierra. Cómo me gustaría poder jugar con ellos, e incluso preferiría dedicarme a arar...

Aquí, en mi prisión, mi madre trabaja y comadrea con sus damas, como si no le importase estar encadenada a la aguja y el huso. Mi aya Morwenna, ahora que casi soy mayor y no la necesito, me tortura quejándose de mis puntadas, porque dice que son demasiado largas, de los colores que elijo y de las huellas de dedos que dejo en el paño que estoy bordando.

Si mi destino era pertenecer a una familia noble, ¿por qué no me ha tocado ser una noble rica? Así, otros trabajarían y yo podría yacer en un lecho de seda escuchando las canciones de un apuesto trovador mientras mis doncellas cosen. Mas no. Soy hija de un pobre caballero rural que no posee más que diez sirvientes, setenta vasallos, ningún trovador y metros y metros de sábanas sin bordar. Se me revuelven las tripas de pensarlo. No sé cómo está el cielo hoy, ni si han madurado las bayas. ¿Habrá parido ya la cabra de Perkin? ¿Habrá vencido por fin Wat Farrier a Sym? No sé nada. Porque estoy aquí atrapada, cosiendo.

Morwenna dice que estas sábanas son para cuando me case. ¡Dios Santo!

23 DE SEPTIEMBRE

Hoy había un ahorcamiento en Riverford. A mí me han vuelto a castigar por ser descarada y no me han dejado ir. Tengo casi catorce años y todavía no he visto ahorcar a nadie. Mi vida es un aburrimiento.

24 DE SEPTIEMBRE

Los astros y mi familia se confabulan para hacer que mi vida sea oscura y miserable. Mi madre pretende convertirme en una gran dama, callada, dócil e instruida, así que debo tomar lecciones de buenos modales y tener el pico cerrado. Mi hermano Edward piensa que las doncellas no tienen por qué ser ignorantes. Por eso me enseñó a leer los libros sagrados y a escribir, aunque yo preferiría subirme a un manzano y disfrutar con la vista del campo a mi alrededor. Ahora mi padre, el sapo, conspira para venderme como un queso a cualquier mequetrefe que busque esposa.

¿Pero qué pretendiente mentecato iba a querer casarse conmigo? No soy atractiva, tengo la piel tostada por el sol y los ojos grises, y encima soy corta de vista y testaruda. Mi familia no posee más que dos pequeños feudos. Tenemos mucho queso y manzanas, eso sí, pero nada de plata, joyas ni terrenos ilimitados para atraer a un pretendiente.

¡Dios Santo! Un candidato vendrá a cenar con nosotros dentro de dos días. Me haré la bizca y babearé en el plato.

26 DE SEPTIEMBRE

Sir Lack-Wit viene hoy, a pesar de las objeciones de mi madre. Aunque está casada con un caballero insignificante, sus antepasados fueron reyes de Bretaña mucho tiempo atrás, según ella dice. Y mi pretendiente no es más que un mercader de lana de Great Yarmouth que aspira a ser alcalde y cree que una esposa de la nobleza, aunque sea de bajo rango, le será beneficioso.

Pero mi padre ha bramado:

—Por las barbas de san Judas, señora, ¿es que crees que tu alta cuna nos va a dar de comer? ¿Qué haremos: sembrar los apellidos de tu real familia? Ese hombre apesta a oro. Si se la queda y paga bien el privilegio, tu hija será su esposa.

Cuando hay dinero de por medio, mi padre hasta sabe razonar.

A LAS VÍSPERAS, ESTE MISMO DÍA

Mi pretendiente vino y se fue.

Ha sido un día gris y lluvioso. Yo me escondí en la letrina para verlo llegar, pensando que sería mejor conocer antes al enemigo.

Sir Lack-Wit resultó ser un hombre de mediana edad y muy pálido, alto y delgado como un bacalao, con unos ojos rojos de besugo, barbilla prominente y mechones pelirrojos que le asoman de todas partes: de la cabeza, las orejas y la nariz. Y toda esa fealdad venía envuelta en unas suntuosas ropas de satén y armiño que le caían hasta la altura de unas grandes botas de cuero rojo. Me recordó una escena de mi infancia, cuando le puse un velo y la capa de terciopelo rojo de mi madre al gallo de la abuela de Perkin.

Venía colgado del brazo de Rhys, el mozo de cuadras, porque el suelo del patio resbalaba por culpa de la lluvia y la mezcla de excrementos de caballo y de gallina, y nos saludó:

—*Bueda fodtuda od dé Diod, señod, y a vod, lady Aislidd. Ed un hodod visitad vuedtra mandión y codoced a la dovia.*

14

Al principio pensé que hablaba alguna lengua extranjera o con un código que ocultaba un mensaje secreto, pero al parecer sólo tenía la nariz tapada. Y así estuvo durante todo el resto de la visita, mientras él respiraba y masticaba y charlaba con la boca abierta. ¡Dios Santo! Se me revolvió el estómago y determiné librarme de él ese mismo día.

Me froté la nariz hasta que se me puso roja como un pimiento, me ennegrecí los dientes con hollín y me adorné el pelo con unos huesos de ratón que encontré en una esquina del salón. Durante la cena, mientras él hablaba de sus almacenes atiborrados de lana y de las maravillas de la feria agrícola de Yarmouth, yo le mostraba mi negra sonrisa y meneaba las orejas.

La bofetada que me pegó después mi padre todavía resuena en mi cabeza, pero *sir* Lack-Wit se marchó sin novia.

27 DE SEPTIEMBRE

Hoy he aguantado mejor mi encierro en la cámara principal, porque me he enterado de sabrosos cotilleos. Mi tío George viene a casa. Hace casi veinte años que se marchó a las Cruzadas con el príncipe Edward. Edward volvió para ser rey, pero George se quedó y encontró otros señores a los que servir. Mi madre dice que es valiente y generoso. Mi padre dice que es un cabeza hueca. Morwenna, que antes de ser mi aya fue el aya de mi madre, se limita a suspirar y me guiña el ojo.

Puesto que mi tío George ha vivido muchas aventuras, confío en que pueda ayudarme a escapar de es-

15

ta vida mía que se reduce a coser, zurcir y pescar marido. Yo preferiría luchar en las Cruzadas, alzar mi espada contra los infieles y dormir bajo el cielo estrellado del otro lado del mundo.

Les he explicado mis cuitas a los pájaros que tengo enjaulados en mi aposento y ellos me han escuchado atentamente. Empecé a aficionarme a la cría de pájaros para oír sus trinos, pero ahora casi siempre son ellos los que me oyen piar a mí.

28 DE SEPTIEMBRE
Víspera de san Miguel

Perkin dice que en la aldea de Woodford, cerca de Lincoln, un hombre ha cultivado un repollo que parece la cabeza del apóstol san Pedro, y que acude gente de todo el condado para rezar y adorarlo. Mi madre, por supuesto, no me permitirá ir. Yo había pensado pedirle a san Pedro que me conservase la vista, porque sé que no es bueno andar bizqueando como suelo hacer yo, y que le hiciera olvidar a mi padre todo ese asunto de mi matrimonio.

29 DE SEPTIEMBRE
Festividad de san Miguel arcángel

Ayer por la noche, los aldeanos encendieron las hogueras de san Miguel e incendiaron dos casas y un granero. Cob Smith y Beryl, la hija de John At-Wood, estaban juntos en el granero. Salieron chamuscados y avergonzados, pero ilesos. Ahora se han prometido en matrimonio.

Hoy toca el pago de la renta. Mi avaro padre está

eufórico pensando en los gansos, en los peniques de plata y las carretadas de abono que nuestros vasallos le pagarán. Trasiega cerveza y se da palmadas en la barriga riendo mientras recoge las ganancias. A mí me gusta sentarme cerca de William Steward, el administrador que lleva las cuentas, y escuchar a los aldeanos quejarse de mi padre a medida que pagan. Así he aprendido los mejores insultos y los juramentos más bestias.

Henry Newhouse siempre paga el primero porque, con sus treinta acres, sus tierras son las más extensas. Luego vienen Thomas Baker, John Swann, el de la taberna, Cob Smith, Walter Mustard y dieciocho vasallos más hasta llegar a Thomas Cotter y la viuda Joan Proud, que no tienen tierras, pero deben pagar el arrendamiento de sus pobres casas llenas de goteras con cebollas, nabos y grasa de oca.

Perkin, el pastor de cabras, tampoco tiene tierras, pero todos los años paga la renta por la casa de su abuela con una cabra. Durante las semanas anteriores a la festividad de san Miguel, Perkin le va diciendo a todo el mundo en la aldea: «Le entregaré al señor cualquier cabra menos la negra», o bien, «cualquiera menos la gris». William Steward lo oye, por supuesto, y se lo dice a mi padre, así que, cuando llega el día de pagar, mi padre insiste en recibir la cabra negra o la gris, de la que supuestamente Perkin no desea separarse. Mi padre se queda muy satisfecho pensando que ha obtenido de Perkin la mejor cabra, pero Perkin siempre me guiña un ojo al salir. Y todos los años, la cabra que mi padre exige es la más débil o la más indómita o la que se come la colada tendida o las cosechas. Perkin es la persona más lista que conozco.

30 DE SEPTIEMBRE

Morwenna dice que, cuando termine de escribir, tengo que ayudar a hacer jabón. Esa masa burbujeante apesta más que la letrina en verano. Así que planeo escribir largo y tendido.

En primer lugar, hablaré más de Perkin. Aunque es el cabrero, es mi amigo y mi hermano del alma. Es muy delgado y apuesto, con el pelo dorado y los ojos azules, como el rey, pero está mucho más sucio que el rey, claro, aunque es mucho más limpio que los otros aldeanos. Siempre se queja de gases en el estómago, y entonces yo suelo prepararle una infusión de comino y anís para bajar la inflamación del hígado y expulsar el aire. Casi nunca da resultado.

Una de sus piernas es más corta que la otra, así que, cuando camina, parece que baile una danza desgarbada, moviendo la cabeza a un lado y otro y balanceando los brazos para mantener el equilibrio. Una vez me até un cubo a un pie para caminar como Perkin y bailar los dos juntos, pero en seguida se me cansaron las piernas y los brazos. Supongo que Perkin debe de acabar agotado; sin embargo, nunca está de mal humor.

Vive con las cabras o con su abuela, dependiendo de la estación. Es muy listo y siempre es amable conmigo, menos cuando me toma el pelo. Fue Perkin el que me enseñó a distinguir las distintas clases de pájaros, a averiguar el tiempo que hará mirando el cielo, a escupir, a hacer trampas en el juego sin que te pesquen. En fin, él me ha enseñado todas las cosas importantes que sé..., excepto coser y bordar, ¡maldita sea!

Con frecuencia me dicen que no pase tanto tiempo con el cabrero, así que, por supuesto, yo lo busco siempre que puedo. Una vez me lo encontré en el campo. Estaba masticando hierba y murmurando las mismas palabras una y otra vez.

—¿Qué hechizo estás pronunciando, brujo? —le pregunté.

—No es ningún hechizo —dijo él—. Repito la palabra *manzana* en normando y en latín. Lo oí hace poco y lo repito para no olvidarme.

A Perkin le gustan esas cosas. Le gustaría ser culto. Cada vez que aprende palabras nuevas, las usa todo el tiempo: «Esta manzana/*pomme/malus* no está madura», o bien, «a veces las cabras/*chèvres/capri* son más listas que las personas». Hay gente que no le entiende, pero yo siempre sé lo que le pasa o lo que siente.

Se me ha cansado la mano y me estoy quedando sin tinta. Hace rato que Morwenna me mira mal, como sospechando mi truco. Me temo que me tocará hacer jabón. ¿Estoy condenada a pasarme la vida meneando grandes barricas de grasa de oca si no estoy escribiendo para Edward?

No entiendo cómo esa pasta apestosa y negra puede convertirse en jabón y hacer que las manos se te queden limpias. ¿Por qué no se quedan negras?

No tengo más que decir.

Octubre

1 DE OCTUBRE

Al escribano de mi padre se le han inflamado los ojos. Seguro que es de tanto espiar a nuestras sirvientas cuando se lavan las axilas en la alberca del molino. Como no sé dónde conseguir leche de mujer, ingrediente necesario para preparar un ungüento para los ojos, he utilizado ajo y la grasa de oca que le sobró a Morwenna la semana pasada; la utilizó para hacer una pomada para los granos. El pobre chilla como un condenado, pero daño no le hará mi ungüento.

Ya no aguanto más estas labores de damisela: ¡coser durante horas, bordar, preparar tisanas y ungüentos y contar sábanas! ¿Por qué el recato que ha de guardar una dama nos impide trepar a los árboles o tirar piedras en el río y, sin embargo, nos permiten sacar los gusanos de la carne salada? ¿Por qué un día debo aprender a caminar con diminutos pasitos y al día siguiente me toca sudar sobre enormes cazuelas humeantes de estiércol o de ortigas para preparar remedios medicinales? ¿Por qué le tocan a la señora de la casa las tareas menos agradables? Preferiría ser la encargada de los cerdos.

3 DE OCTUBRE

¡Hay judíos en nuestro salón! Van de camino a Londres y pidieron refugio en nuestra casa para guarecerse de la lluvia. Con mi padre ausente, mi madre los dejó pasar. A ella no le dan miedo los judíos, pero el cocinero y sus ayudantes se han escondido en el granero, así que esta noche no hay cena. Yo he decidido ocultarme en las sombras de la sala para verles las pezuñas y las colas. ¡Cuando se entere Perkin!

A LAS VÍSPERAS, ESTE MISMO DÍA

¡Dios Santo! Los judíos no tienen pezuñas ni cola, sólo ropa mojada y niños andrajosos. Se marchan de Inglaterra por orden del rey, que asegura que los judíos son criaturas del infierno, malvados y peligrosos. A buen seguro se refiere a otros, no a los judíos flacos y asustados que tenemos aquí.

Me escondí en el salón para observarlos, esperando oírles hablar del Diablo o realizar actos satánicos. Pero aquellos hombres se limitaron a beber, a entonar canciones y a discutir, mientras las mujeres charlaban entre ellas. Igual que los cristianos. Los niños se dedicaron a husmearlo todo y gimotear, hasta que una mujer con la cara como una manzana arrugada los reunió a su alrededor. Al principio les habló en la lengua de los judíos, que se parece al relinchar de los caballos, pero luego hizo un guiño en mi dirección y continuó hablando en inglés.

Primero les contó la historia de un anciano llamado Abraham que hablaba con Dios y que vivió muchas aventuras en el desierto. Luego les habló de Moisés, a quien yo conocía de la *Biblia,* pero se me había olvidado que era judío. La mujer dijo que Moisés sacó a los judíos de una tierra de esclavitud y los condujo hacia la libertad, igual que ellos iban a encontrar la libertad en Flandes, adonde se dirigirían a bordo de hermosos barcos cuyas velas serían impulsadas por el aliento de Dios.

Luego les explicó la historia de un hombre tan estúpido que cada mañana olvidaba cómo vestirse. ¿Dónde debía ponerse la camisa, en las piernas o en los brazos? ¿Y cómo se abrochaba? Tantos problemas tenía que decidió contratar al muchacho de la casa vecina para que fuera cada día a decirle: «Los zapatos van ahí, y la capa aquí, y el sombrero se pone en la cabeza». El primer día, llegó el muchacho y le dijo: «Primero, lávate tú mismo». Pero el hombre era tan tonto que empezó a buscarse a sí mismo, porque no sabía dónde encontrarse: «¿Dónde estoy? ¿Estoy aquí? ¿Estoy aquí? ¿O estoy aquí?» Y miraba bajo el lecho y detrás de la silla y en la calle, pero siempre en vano.

Mientras la mujer hablaba, los niños se fueron animando y coreaban con ella: «¿Estoy aquí o estoy aquí?» Y luego, tímidamente, comenzaron a empujarse unos a otros entre risas y se limpiaban los mocos con las mangas y con sus ropas.

—Escuchadme, niños —dijo entonces la mujer—,

no seáis como el hombre estúpido. Sabed siempre dónde estáis. ¿Cómo? Pues recordando quiénes sois y de dónde venís. Al igual que el río brilla por la noche al reflejar la luz de la Luna, vosotros brilláis también con el resplandor de vuestra familia, vuestro pueblo y vuestro Dios. Por eso no estaréis nunca lejos de casa, no estaréis nunca solos, vayáis donde vayáis.

Era un prodigio. La mujer era como un trovador o un mago, hilando historias con su boca arrugada. Luego, de las mangas del vestido, se sacó un pan, cebolla, arenques y col, y todos comieron. Una niña pequeñita de dulces ojos me trajo una cebolla y un poco de pan. Tal vez mi escondite no era tan bueno como pensaba. Olía como nuestra comida y a mí me había entrado hambre escuchando las aventuras de Moisés, así que comí. Y ni me he muerto por eso ni me he convertido en judía. Creo que algunas historias son ciertas y otras son sólo cuentos.

4 DE OCTUBRE

Me ha dado mucha pena ver marchar a los judíos esta mañana.

Hasta se me metió en la cabeza irme de viaje con ellos y vivir nuevas experiencias; tal vez podría encontrar mi propio camino en el mundo. Desde luego, nunca volvería a este «Castillo del Cose y Borda». Me puse una túnica raída y unos calzones de Edward, oculté mi pelo bajo un gorro y me puse a caminar hinchando el pecho y escupiendo como si fuese un muchacho, aunque, ciertamente, no tengo nada entre las piernas. Había pensado rellenar los calzones con paja, pero temí que me resultara difícil andar, así que me fui tal cual. Oí que mi aya Morwenna me llamaba cuando partíamos, pero no se le ocurrió que el rapaz del gorro de lana pudiera ser yo.

Caminé con ellos hasta Wooton-under-Wynwoode, esperando oír más historias, pero la anciana de la cara arrugada guardaba silencio. En cambio, yo le he hablado de mi vida: de lo aburrido que es coser y preparar cerveza o tisanas, que yo preferiría irme de Cruzadas como el tío George o vivir con las cabras como Perkin. Luego ella, acariciándome la cara con sus ásperas manos, me ha dicho:

—Pajarillo, en la otra vida, nadie te preguntará por qué no has sido George o por qué no has sido Perkin, sino que te dirán: «¿por qué no has sido Catherine?»

¿Qué habrá querido decirme? No me aclaró más, de modo que finalmente, confusa y triste, me separé de ellos y me dirigí a la feria de la cosecha de Wooton. La feria no era gran cosa, pero había un vendedor de cintas para el pelo, un puesto de venta de cerveza, un hombre que caminaba sobre unos zancos y una cabra con dos cabezas.

Yo jamás había estado tan lejos de casa sin Morwenna. Ha sido como una aventura. Examiné un carromato donde se vendían vasijas de cobre, cuchillos, cuerdas y agujas. Observé a dos hombres discutir por el valor de una vaca que tenía aspecto de estar cansada, desconcertada y deseando volver a su casa. Sorprendí a tres niños pequeños dando tragos de cerveza de un barrilito a escondidas; reían, tartamudeaban y fingían estar borrachos.

También se celebró una subasta de caballos. Detrás había un pequeño escenario de títeres: un Noé de madera y su esposa bailaban al ritmo marcado por los hilos que los sujetaban; luego Dios ordenaba a Noé que construyera un arca, y la señora Noé le gritaba y le decía que antes tenía que acabar sus tareas, y que ella no pensaba subirse a ese barcucho. Por fin Noé, con muy malas pulgas, se lió a golpes con su mujer hasta tirarla al suelo entre gritos de «¡pedid perdón!», y ella: «¡nunca, nunca!». Finalmente ambos quedaron tirados y enredados en una maraña de hilos. Luego vino el desfile de animales, por parejas. El titiritero y su ayudante iban desenrollando un rollo de pergamino donde estaban pintados los animales, de modo que pareciera que cruzaban el escenario vivitos y coleando, mientras Noé cantaba:

«Entrad leones, leopardos y perros,
criaturas de granja, cabras y puercos,
gallinas, pavos y cualquier ave,
bestias peludas, entrad en mi nave.»

Cuando el arca ya estaba llena, ha caído una lluvia dorada como el oro sobre un mar de satén azul verdoso. Por último, ha aparecido una paloma, colgada de un hilo dorado, para prometerles una nueva tierra y una nueva vida para todos. Fue un espectáculo precioso, aunque todo el tiempo se veía al aprendiz del titiritero manipular las cuerdas, dar golpes con pucheros para hacer los ruidos y, encima, sonarse la nariz con el telón.

Fue entonces cuando me vio William Steward, que

había ido a la feria para comprar unos barriles, y me amenazó con llevarme hasta mi casa arrastrándome por los pelos. Con el hambre que tenía me fui con él de buen grado, a cambio de su promesa de no delatarme. Al irnos, pasamos junto a los gallos de pelea, que estaban dentro de unas cestas. Con la cara más inocente que pude poner, empujé de una patada las cestas y los gallos se escaparon. ¡Dios Santo! Yo que me creía una especie de Moisés, conduciendo a los gallos hacia la libertad, a sus casas, con sus esposas y sus bebés gallitos..., y resulta que se lanzaron unos contra otros con sus terribles espolones, chillando y arañándose en una tormenta de plumas.

Definitivamente, ya me había hartado de la feria y estaba dispuesta a volver a casa. Dije a mi madre y a Morwenna que había pasado el día enfurruñada en el palomar. Me creyeron porque era muy típico en mí.

5 DE OCTUBRE

El pequeño ayudante de cocina me ha contado hoy que el aprendiz del molinero de Nottingham sabe tirarse pedos cuando quiere. Eso sí que me parece una habilidad útil y no la costura, ¡que el Diablo se la lleve! Me he hinchado a comer a propósito para ver si yo también tenía esa habilidad. Pero no.

6 DE OCTUBRE

Como hoy es el día de santa Fe, Morwenna y yo hemos echado al cocinero de la cocina para preparar un pastel de santa Fe. Yo coloqué un trozo de pastel dentro del anillo de rubíes de mi madre y luego lo colgué del dosel de mi cama. Esta noche santa Fe me enviará un sueño donde aparecerá mi futuro esposo. Me complacería que fuese un príncipe o un caballero de cabello dorado. O un malabarista con una túnica de color rubí y medias púrpura. O un juglar errante con una canción en los labios y picardía en los ojos.

7 DE OCTUBRE

He soñado con el aprendiz del molinero, el de los pedos. He pisoteado el trozo de pastel hasta hacerlo migas y he tirado el anillo a la pocilga. No me casaré jamás.

8 DE OCTUBRE

He estado buscando el anillo de mi madre en la pocilga hasta el anochecer. Definitivamente, no quiero ser la encargada de los cerdos.

9 DE OCTUBRE

Hoy ha sido un día perfecto y lo estoy celebrando con un puñado de moras y los restos del pastel de cerdo de la cena. Mientras como, voy reviviendo el día para experimentar de nuevo sus alegrías.

Esta mañana, desde la ventana de la cámara principal, se oía a los aldeanos cantar y gritar mientras iban de un lado a otro; estaban construyendo una casa para Ralph Littlemouse, que perdió la suya en la celebración de san Miguel arcángel. «Pobre de mí —pensé—, atrapada de nuevo aquí dentro y perdiéndome toda la diversión.» Pero entonces mi madre, que tenía muy mala cara, se ha acurrucado en su enorme cama y ha corrido las cortinas. Morwenna se ha ido a la cocina a discutir con el cocinero sobre la comida. Así que yo he bajado las escaleras, me he escabullido por el salón y he cruzado el patio. He ido corriendo hasta el pueblo, por el camino, descalza y con la falda arremangada.

Aunque era temprano, ya habían levantado el armazón de la casa, y Joan Proud, Marjorie Mustard y los hijos de Ralph acarreaban varas de sauce para formar las paredes.

Cerca de allí, en un hoyo, estaban preparando la mezcla de barro, paja y estiércol para cubrir las paredes. Es la parte del trabajo que más me gusta. De un salto, me he metido dentro. La sensación del fango escurriéndose entre los dedos de mis pies era deliciosa. El Sol brillaba en el cielo, soplaba la brisa, las moras estaban maduras, la gente cantaba «Hey, la, la, hey, la, la» y yo tenía los pies llenos de barro. Ah, qué delicia ser una simple campesina.

Entonces me han entrado ganas de hacer una cosa. He cogido un puñado de masa, he hecho unas bolas y, ¡plaff, choff!, las he lanzado por los aires contra mis compañeros. Se han estampado en sus caras y sus brazos. En seguida me han devuelto la jugada, y yo a ellos, hasta que todos nos hemos pringado; parecíamos santos de arcilla, más que personas.

De pronto todo se ha parado: las canciones, la batalla de barro, el roce de las varas de sauce... Todos los ojos se han posado en un joven que, detenido en el camino, montaba el corcel más hermoso que he visto jamás. El joven era también gallardo, con el pelo rubio, los ojos color miel y una túnica de terciopelo dorado y verde. Nadie habló, mas yo, curiosa, me acerqué a él.

—Buenos días, señor. ¿Puedo ayudaros en algo? —le pregunté amablemente.

Él se me quedó mirando sin decir nada. Frunció el ceño y arrugó la boca hasta hacerla pequeña como la cagadilla de un ratón. Por fin replicó:

—¡Válgame Dios, qué pestilencia! ¿Es que en esta aldea no hay agua para lavarse ni un miserable perfume para mitigar el mal olor?

No contesté. La verdad, no creo que esperara respuesta. Él prosiguió:

—¿Es aquella la casa de Rollo de Stonebridge?

—¿Para qué buscáis a *lord* Rollo? —le pregunté.

—Eso no es asunto tuyo, jovencita, pero lo cierto es que voy a visitar a la familia con la intención de conocer a su hija Catherine, mi posible esposa —respondió él, sacándose un pañuelo de lino perfumado de la manga y tapándose con él la nariz.

«Antes muerta», pensé. ¡Casada con este pedante perfumado, con la voz engolada y el ceño siempre fruncido! Al momento se me ocurrió una idea.

—¿*Lady* Catherine? —repetí, intentando parecer una aldeana—. Pues que la fortuna os acompañe, señor, porque de ella habréis menester.

—¿Ah, sí? ¿Le sucede algo a la dama?

—No, señor, no. Es una joven agradable, teniendo en cuenta su cortedad de luces, y a pesar de la joroba. Cuando no la tienen encerrada, acostumbra a estar tranquila y serena. Y, ciertamente, casi le han desaparecido ya las marcas de viruela de su rostro. Pero, por favor, señor, no digáis que yo he mencionado que *lady* Catherine es persona sin seso. Os lo ruego, señor.

Hice entonces ademán de ir a besar su mano, pero él se apartó con brusquedad y, a lomos de su hermoso corcel, se alejó por el camino hacia mi casa. «¡Dios Santo!», pensé. «¡Sigue adelante!» Pero, saliéndose del camino, el hermoso corcel con el hermoso joven trazó una amplia curva, pisoteó los campos que con tanto esmero había plantado Walter Mustard y se distanció de mi casa, de mi padre y, gracias a Dios, de mí.

Mi padre se ha pasado toda la cena vigilando la puerta hasta que finalmente se ha preguntado en voz alta por el paradero de un tal Rolf, de quien, por supuesto, yo no sabía nada. Así pues, por todo eso estoy tan satisfecha con el día de hoy y el pastel de cerdo no me parece suficiente celebración para festejar el descalabro del que me he librado.

10 DE OCTUBRE

Sólo faltan tres días para la festividad de san Eduardo, el santo de mi hermano. Cuando Edward estaba todavía en casa, celebrábamos este día con un buen banquete, bailes y pequeños torneos en el patio. Pero durante los últimos años, la celebración se reduce a observar el rostro de mi padre, totalmente encendido, a mi madre haciendo pucheros y lloriqueando, y al cocinero blandiendo su cucharón y soltando palabrotas en sajón. El motivo de tanta exaltación es éste: desde que Edward se marchó para convertirse en monje, mi madre entrega a la abadía, el día de su santo, varias carretas llenas de regalos, en su honor. Mi padre, desde luego, no aprueba tanta generosidad y grita que mejor sería tirar sus preciosas posesiones a la letrina (de tanta rabia, un día le estallará el hígado, y ojalá esté yo allí para verlo). Mi madre lo llama tacaño y miserable. El cocinero también se pone furioso al ver que le roban de su despensa los mejores manjares: el tocino, la harina y su querido vino del Rin. Sin embargo, mi madre se pone dura y las carretas parten. Este año hemos enviado:

460 arenques salados

3 quesos grandes y un barril de manzanas

4 gallinas, 3 patos y 87 palomas

4 barriles de harina, miel de nuestras abejas

400 litros de cerveza (porque nadie bebe más cerveza que los monjes, dice mi padre)

4 cazuelas de hierro, cucharas de madera y una ratonera para la cocina

grasa de oca para hacer velas y jabón (muchas velas y poco jabón, a mi parecer, teniendo en cuenta que son monjes)

40 libras de cera de abeja para los cirios de la iglesia

un arcón lleno de sábanas, paños de lino y servilletas

peines de asta (para los que tienen pelo)

plumas de oca, plumones y un rollo de tela negra

Mi madre espera con impaciencia este día para ver a Edward. Es su hijo favorito. No me extraña. Por un lado, Robert es abominable. De hecho, me maravilla que tuviera más hijos después de alumbrarle a él. Yo lo habría abandonado en el río. Thomas se marchó hace tanto tiempo con el rey que apenas nos acordamos de él. Y yo soy tozuda, malhumorada y arisca como una mula. Así que, por defecto, Edward resulta ser su favorito. Y el mío.

11 DE OCTUBRE

Anoche mi madre perdió el hijo que esperaba; el quinto embarazo que se le malogra. Si es la voluntad de Dios que yo sea su última hija, no debería permitir que germinase ningún otro hijo en su vientre. Ella sufre mucho. Yo no creo que Dios quiera castigar a mi madre. Tal vez no sea demasiado inteligente ni culta, pero es buena. Me parece que Él no le presta mucha atención.

Mi madre, muy pálida, reposa en su enorme lecho. Morwenna le ha preparado un tazón de ajo, menta y vinagre para limpiarle las entrañas, e intenta consolarla con sus «oh, mi pobre señora» mientras gimotea.

Mañana iré yo en su lugar con las carretas para ver a Edward. Así voy adquiendo experiencia para cuando sea la señora del feudo. ¡Dios Santo! El camino es malo, hace calor y los monjes son todos viejos y malolientes. Saldremos después de desayunar, para que no nos pille de pleno el sol del mediodía.

12 DE OCTUBRE

¡Se terminó para mí la costura, el bordado y la grasa de oca! Hoy ha cambiado mi vida. Esto fue lo que pasó:

Llegamos a la abadía poco después de comer y nos detuvimos justo a la entrada, en la casa de invitados que hay junto al molino. El traqueteo del carro me había revuelto el estómago, después de la anguila con jalea y el guiso de cordero que me metí, de modo que fue un alivio pisar tierra.

Acudió a recibirnos un monje alto de nariz descomunal y nos acompañó al despacho del abad, que está detrás de la capilla, por lo que antes tuvimos que atravesar las cocinas, los dormitorios y los enormes almacenes.

El abad nos saludó amablemente y nos dio recuerdos para mi madre y un librito precioso con todos los santos del año que explica la vida y los milagros de cada uno. Según el libro, hoy es la festividad de san Walfrido, obispo y confesor, cuya cabeza yace en York y su cuerpo, en la abadía de Whitby. A mi parecer hay demasiadas palabras y pocos dibujos, pero, como soy yo quien sabe leer y no mi madre, inventaré alguna artimaña para que me lo dé.

El hermano Anselmo, el monje narizotas, me acompañó luego a la mesa de Edward, en la biblioteca. No se permite la entrada de mujeres, pero creo que a mí todavía no me consideran mujer.

Edward trabaja en el paraíso. La biblioteca está detrás del jardín, cerca de la capilla. Es una sala tan grande como nuestro granero y casi igual de fría. Las paredes están cubiertas de estanterías que albergan montones de libros y pergaminos, algunos encadenados como si fueran preciosas reliquias o bestias salvajes. Hay quince mesas dispuestas en tres hileras y tenuemente

33

iluminadas por velas, y quince monjes sentados e inclinados sobre ellas, con la nariz casi pegada al tablero. Cada monje tiene una pluma en una mano y, en la otra, un cuchillito afilado para rascar los errores. En las mesas hay plumas de todos los tamaños, botes de tinta negra y de colores, polvos para secar la tinta y cuchillos para afilar las plumas.

Algunos monjes copian las palabras de una página a otra, otros añaden fantásticos dibujos a la primera letra y decoran las páginas, mientras que otros hacen agujeros en las páginas y las cosen entre cubiertas de madera. Jamás vi tantos libros ni tan hermosos.

Los monjes apenas me han dirigido la palabra, ni tampoco me escuchaban, pero al menos no me echaron. Me acerqué al hermano William, que estaba mezclando colores, y le hice algunas sugerencias: para el morro de un corderito recién nacido la tinta rosa y la verde para la fina capa interior de un huevo fresco crudo. Él no me dijo nada; se limitó a resoplar por la nariz, pero a buen seguro agradeció mis ideas.

Otro monje me dejó ayudarle a preparar el pergamino para la escritura del día siguiente, pero como sé que las pieles para los pergaminos proceden de nuestras ovejas, me dio miedo reconocer a alguna. Siento la misma congoja cuando, en los banquetes especiales, el cocinero prepara patos, ocas y corderos rellenos y los presenta enteros en la mesa. Preferí, pues, alisar y empolvar las páginas de pergamino, que ya no me recuerdan tanto a los animales, aunque se me metió el polvo por la nariz y me roció el pelo y la ropa.

Edward siente pasión por las letras y las palabras

que escribe amorosamente en el pergamino. Pero yo... ¡yo lo que adoro son los dibujos! Los pájaros y las flores, los santos y los ángeles que trepan a cada lado de la página, sobre las mayúsculas y por los márgenes, los caballeros a lomos de caracoles combatiendo contra ardillas y cabras, las múltiples caras del Diablo, que corretea por la página tentando al lector para alejarlo de las palabras sagradas. ¡Si pudiera, me pasaría el resto de mi vida en este paraíso, haciendo dibujos en lugar de zurciendo y bordando!

Fue entonces cuando cambió mi vida. Estoy decidida a escaparme a una abadía. Así pienso vivir, dibujando en una biblioteca, aunque me gustaría que la sala fuera un poco más animada. Ya sé que será difícil, porque soy chica, pero también soy terca e inteligente. No puede ser esta abadía, aunque me encantaría estar cerca de Edward, porque aquí saben que no soy un muchacho. He de encontrar otra, que no se halle muy lejos para que Perkin pueda venir a verme, con una gran biblioteca y un abad de avanzada edad y corto de vista.

¿Se verán los monjes desnudos unos a otros? ¿Quién puede enterarse de si el nuevo hermano es chica en lugar de ser muchacho? Tengo que averiguarlo. ¿Me lo dirá Edward? Mañana, cuando me despida de él, se lo preguntaré.

Esta noche dormimos en la casa de invitados. Está bastante cerca de la abadía, así que puedo practicar para ser monje. ¿Qué es lo que harán los monjes?

13 DE OCTUBRE

Festividad de san Eduardo, rey de los ingleses y confesor, y el santo de mi hermano

La principal diferencia entre Robert y Edward es su forma de reírse de mí. Robert se ríe a carcajadas, enseñando sus enormes dientes de caballo, y me pellizca los mofletes o me da palmadas. Edward se ríe con suavidad, pero muy a menudo. Hoy se ha reído mucho. Me ha dicho que las manzanitas de mi pecho no engañarían ni al más anciano de los abades. ¡Qué pena! El año pasado no eran más que nueces y podría haberles dado gato por liebre.

Podría ingresar en un convento, pero como la ocupación principal de las monjas es bordar, sería como salir del fuego para caer en las brasas. También podría dedicarme a cultivar la tierra, pero no tengo ni tierra ni semillas. O hacerme saltimbanqui, pero no sé dar saltos mortales, excepto cuando intento no darlos. O músico, pero no sé tocar ningún instrumento. Antes estudiaba música, porque mi madre dice que queda bien en una dama, pero era tan espantoso el ruido que producía, que mi padre le dio mi laúd al cocinero. Podría ser costurera errante, pero ¡menuda evasión! Estoy condenada a soportar a un padre brutal y llevar una vida de obligaciones, sin esperanza, sin amigos, ¡y con unos pechos cada vez más gordos! ¡Por los clavos de Cristo! ¿Es que no hay justicia en el mundo?

14 DE OCTUBRE

Festividad de san Calixto, papa y mártir, que fue encarcelado, atormentado y defenestrado

Mi madre debería regalarme el librito de santos. De hecho ya lo estoy usando para saber cómo vivieron y murieron los santos y qué lecciones puedo aprender de ellos.

En el camino a casa, después de salir de la abadía, nos detuvimos en la mansión Highgate para presentar nuestros saludos a la familia del barón Ranulf, que está aquí de visita hasta Navidad. Su hija, *lady* Aelis, y yo estuvimos juntas en Belleford hace tiempo, aprendiendo buenos modales y los deberes de una dama, hasta que mi madre sufrió otro de sus abortos y me pidió que volviera a casa porque estaba muy triste. Lo que más recuerdo de Aelis es que le encantaba protestar por todo. Por fuera siempre decía «sí, mi señora» y «no, mi señor», pero luego hacía lo que se le antojaba cuando nadie la veía y era muy divertida.

Últimamente ha estado viviendo en la corte francesa. Durante la cena me la quedé mirando. Parece una auténtica dama, con sus buenos modales en la mesa y su pelo rubio. Pero durante el baile me cogió del brazo y me arrastró fuera del salón para cotillear. Nos recogimos las faldas y estuvimos paseando por los alrededores del feudo, cogidas del brazo, repasando quién tenía los dientes podridos, y quién se había casado con alguien rico y feo, y qué damas se pintaban la cara o se ponían relleno en el pecho.

Coqueteamos con los guardias y hasta quedamos en encontrarnos con ellos más tarde en una cámara, donde mandaremos a la vieja aya de Aelis y a su costurera con algún pretexto. Se llevarán una sorpresa. Aelis me ha dicho que ella siempre se sale con la suya porque aparenta ser muy dócil e inocente y así nadie sospecha. Dice que le gustaría ser domadora de caballos, pero que sabe que la han traído de vuelta a casa para casarla. Por lo visto las dos corremos el peligro de ser vendidas como cerdos en la feria de otoño.

Hemos jurado encontrarnos dentro de una semana en la pradera, que a las dos nos queda a día y medio de camino. Después de abandonar Belleford, no he tenido oportunidad de hablar con nadie y tengo muchas ganas de ver a Aelis, contarle mi vida, mis pensamientos y mis inquietudes, y escuchar las suyas.

15 DE OCTUBRE

Festividad de san Eutimio el Joven, que vivió tres años comiendo sólo nueces y hierbas

En casa de nuevo. Mientras me escondo de Morwenna antes de la cena, observo a los gansos que vuelven de los pastos a su cobertizo en el patio, todos en fila, como caballeros regordetes con su armadura de plumas. Creo que los gansos son mis aves favoritas porque no le gustan a nadie. No son pequeñitos ni delicados como las alondras o los gorriones, ni sagaces y rápidos como los halcones. No cantan como los ruiseñores y no se les puede enseñar a hablar ni a hacer cosas. Son astutos, glotones, cegatos y tercos. Bastante parecidos a mí, ahora que lo pienso.

He visto cisnes en el río. Son mucho más bonitos y majestuosos que los gansos, pero un poco vanidosos y no tan listos. Yo creo que mi madre es como un cisne. Mi hermano Robert es un gallo, siempre pavoneándose y cacareando muy ufano de sí mismo. Edward es

38

una garza, con la nariz afilada y las piernas tan largas. Perkin es un halcón, por lo sagaz que es, y mi aya Morwenna es un herrerillo, trabajadora imparable, inquieta y regordeta. Mi padre, naturalmente, es un buitre, lento y estúpido, ¡que el Diablo se lo lleve! Aelis parece una paloma por fuera y un halcón por dentro. Y yo soy simplemente un ganso, gris y patoso.

16 DE OCTUBRE

Festividad de santa Eduvigis, que tuvo mala suerte con sus hijos

Antes de dejar la abadía, Edward me enseñó a mezclar algunas sustancias para obtener tintas de colores y a convertir las plumas de ganso en plumas de escribir, para que yo también pueda dibujar flores y ángeles. La tinta negra es fácil, porque tenemos cáscaras de nuez y hollín en abundancia. También he encontrado botón de oro, helenio y musgo para los amarillos y verdes, pero no dispongo de lapislázuli para molerlo y obtener el azul. He mezclado una pasta de arándanos, que es tan azul como un huevo de petirrojo, pero se estropea y es tan pegajosa que he de dedicarme a una tarea con la que los monjes no se enfrentan: quitar los bichos del cielo que he pintado y del manto de la Virgen.

17 DE OCTUBRE

San Ethelred y Ethelbricht, hijos de Ermenred, biznietos de Ethelberto, hermanos de Ermenburga, sobrinos de Erconbert y primos de Egbert

39

Anoche tuve un sueño maravilloso. En mi sueño me capturaba un dragón que se parecía a mi padre. Mi tío George, vestido con manto de plumas, le clavaba en el cuello una pluma de ganso. Entonces George montaba a lomos de su caballo y me cogía para ponerme en su regazo. Luego partíamos juntos a las Cruzadas. Cuando me he despertado esta mañana, me he quedado un rato con los ojos cerrados para saborear el sueño.

18 DE OCTUBRE

Festividad de san Lucas evangelista, médico y artista, que vivió hasta los ochenta y cuatro años y murió célibe

Anoche, en el pueblo, una de las gallinas de Thomas Cotter, que debía de andar buscando gusanos en el suelo de la casa, se acercó demasiado al fuego de la cocina y se le prendieron las plumas. Chillando y aleteando, revoloteó por toda la casa y fue prendiendo fuego aquí y allá. Thomas, desnudo como estaba, ha salido corriendo detrás de la gallina, que acabó escapándose por la puerta y bajó el camino hacia la iglesia. Fue dejando a su paso pequeñas hogueras, hasta que Ralph Littlemouse le echó encima un cubo de agua. La gallina quedó tirada en el camino, exhausta y chamuscada. Ahora la familia de Thomas duerme en nuestro salón hasta que se construyan una nueva casa. Bueno, toda la familia menos la gallina, porque se la comieron. Intento contener la risa cuando veo a la familia de Thomas, porque ellos están muy afligidos, pero no es fácil.

Creo que el rey debería ser informado de este suceso. Me lo imagino empleando esta nueva táctica en el asedio de los castillos escoceses: prendiendo fuego a cientos de gallinas y echándolas a revolotear sobre sus muros.

19 DE OCTUBRE

Festividad de santa Fredeswinda, virgen, aunque no sé por qué eso ha de ser motivo para convertirla en santa

Esta mañana, mientras sacábamos chinches de la lana de tejer y le quitábamos los nudos, Morwenna intentaba explicarme por qué mi padre me está buscando marido y por qué tengo el deber de casarme con quien él disponga. Yo lo entiendo perfectamente. Mi padre siempre ha de decir la última palabra.

A mi parecer, somos suficientemente ricos. Los que poseen varias mansiones han de viajar de una a otra para cuidarlas y encargarse de sus feudos y vasallos. Más vacas y más cerdos significan más excrementos. Más pucheros y mesas representan más tiempo cocinando y limpiando. Pero mi padre no lo ve así y quiere mejorar nuestra posición con mi boda. ¡Dios Santo! Si ni siquiera he comenzado a tener pérdidas cada mes, ¿cómo puede pensar en casarme?

Le he explicado a Morwenna mi ingeniosa idea de las gallinas en llamas y ella, que no sabe tener la boca cerrada, se lo ha contado a mi madre. Ahora tengo que bordar otro paño para la iglesia. Dicen que me tomo todo a risa. Qué aburrimiento. Todo es tan aburrido en mi casa...

20 DE OCTUBRE

Santa Irene, virgen y mártir, asesinada por un hombre porque ella no le amaba

¡Mi tío George ha venido a casa! Es alto, simpático y divertido. Anoche contó unas historias maravillosas de los sitios en los que ha estado. Ciudades con nombres que me recuerdan el murmullo del viento: Venecia, Damasco, Bizancio, Samarcanda. Los repito una y otra vez para no olvidarme de ellos cuando se lo cuente a Perkin. Siempre me había imaginado al tío George en Tierra Santa, con una cruz roja bordada en su túnica blanca, luchando noblemente por Dios, por Cristo y por Inglaterra. Casi veía la hilera de cruzados saliendo de Jerusalén, de regreso a Londres, como una procesión de Semana Santa o igual que cuando llegan los mercaderes extranjeros a una feria; con caballos blancos como la nieve y las mulas con sus campanillas y sedas; damas en carretas de oro y joyas que relumbran bajo el sol como el fuego; músicos con arpas, panderos y trompetas, y niños correteando a su alrededor, arrojando flores a su paso y dando gracias con sus canciones a aquellos que habían ido a liberarlos de los infieles. Debe de ser como la entrada de los justos en el paraíso.

Conté al tío George mis fantasías y él se echó a reír. En una cosa, dijo, sí que había acertado: había muchas mulas, pero no todas de cuatro patas. Sus años de cruzado, contó, se parecían más al infierno que al cielo, con pocos vítores y cantos y mucha sed, mucha carne de caballo muerto para comer y todo el día metido hasta la rodilla en un baño de sangre, entre cuerpos mutilados. ¡No me lo puedo creer!

21 DE OCTUBRE

Festividad de santa Úrsula y sus once mil compañeras, martirizadas por los hunos

El tío George me está enseñando, en latín, griego y árabe, las frases más útiles para un cruzado:

«Repítemelo, más despacio.»

«¿Cuánto vale el vino? Demasiado.»

«¿Tienes alguna hierba para el dolor de cabeza?»

«Eres un mentiroso y un estafador, hijo de una perra y un camello.»

Tal vez mi tío George pueda ayudarme a conseguir la cruz y convertirme en cruzada. Ni siquiera tendría que vendarme el pecho para ocultar que soy mujer, porque es bien sabido que Eleanor, esposa de Enrique II, madre de Ricardo Corazón de León y del terrible Juan Sin Tierra, condujo a la batalla a su comitiva de mujeres. Montaban sobre magníficos corceles blancos y, bajo sus túnicas de lino, vestía ajustadas medias y botas de cuero rojo forradas de seda naranja hasta las rodillas. Yo, por unas botas rojas forradas de seda naranja, iría andando a Tierra Santa. Hablaré con el tío George.

22 DE OCTUBRE

Festividad de san Donato escocés, que fue proclamado obispo cuando repicaron milagrosamente las campanas al entrar él en la iglesia

Los hombres cultos de Oriente dicen que hoy es el cumpleaños del mundo, el aniversario de la Creación, acontecida hace cuatro mil años. Eso dice el tío George. Yo me pregunto quién habrá llevado las cuentas. La mayoría de los aldeanos no sabe ni siquiera cuándo nacieron. Dicen que fue el año en que se incendió el granero o cuando echaron de la aldea al párroco por libertino.

Por fin ha llegado el equipaje del tío George y nos ha dado a todos nuestros regalos: cuchillos, ollas de bronce y sedas con tonos de azafrán y lavanda para mi madre; y para nuestros estómagos, jengibre, canela, clavo, higos, dátiles y almendras. A mí me ha traído una cosa que se llama «naranja», arrugada y seca, que huele a moho. Si cierro los ojos, por debajo del moho se percibe el aroma del sol. George dice que, cuando están frescas, las naranjas saben como el agua de los ríos del Paraíso.

También me ha traído un regalo especial, un papagayo en una jaula de marfil y madera aromática, para la colección de pájaros que tengo en mi aposento. Desde que mi padre construyó la cámara principal, donde duermen mi madre, él y cualquier huésped importante, yo comparto un dormitorio sólo con mi aya Morwenna, las sirvientas de mi madre, las mujeres que vengan de visita y mis pájaros. Contando el papagayo tengo diecinueve pájaros; cuelgo las jaulas de las vigas del techo. Jilgueros, alondras y ruiseñores por sus cantos, y urracas por sus chácharas. Ahora que no he de escuchar los ronquidos y escupitajos de mi padre, puedo oír sus trinos. Anoche me dormí oliendo mi naranja y escuchando el canto de mis pájaros. Soñé que era un ángel.

23 DE OCTUBRE

Festividad de san Cutberto, el primer hombre que erró un caballo

Finalmente le conté al tío George mi propósito de partir de cruzada a Tierra Santa. Según él, es demasiado tarde. La codicia, la crueldad y la estupidez de los cruzados han acabado con ellos mismos; los turcos sólo han tenido que barrerlos como paja sucia.

A veces no parece que George haya sido portador de la sagrada Cruz. Dice que dejó de ser cruzado cuando se dio cuenta de que a Dios no podía complacerle tanta sangre, fuera de quien fuese ésta.

Me desconcierta. Mis mejillas se encienden y mi corazón aletea como un pajarillo; y mis sueños se han vuelto dulces. No sé si esta agitación que noto en el estómago es por George o porque he repetido la ración de pastel de anguila para cenar.

24 DE OCTUBRE

Fiesta de san Maglorio obispo, que echó a un dragón de Jersey

Me encontré con Aelis en la pradera, como habíamos resuelto. Había perdido la diadema con la que se recogía el pelo y tenía las botas llenas de barro, y la nariz quemada por el sol. Se parece más a mí ahora.

Me explicó historias del rey de Francia y sus damas, de castillos y torneos, de *lady* Ghislaine, que tenía un tejón amaestrado, de Guillot de Lyons, que se tiró un pedo cuando hacía una reverencia ante el rey y lo expulsaron un año de la corte, de la mejor amiga de Aelis, Marie, que se había casado con un fantasma.

Yo le he hablado de lo apuesto y desconcertante que es mi tío George. Aelis está deseando verlo con sus propios ojos, así que haré que mi madre la invite para la celebración de mi santo.

Aelis dice que se imagina a George como el arcángel Miguel. Yo le he dicho que se parece más a san Jorge, el que mató al dragón. Lo cierto es que es mucho más apuesto que ambos, porque sus ojos verdes están vivos y cambian de color con el sol, y a veces sus mejillas se cubren de rubor carmesí y unas diminutas gotas de sudor le brillan sobre el labio superior, y huele a caballo, a especias y a cuero. Ningún difunto, por muy santo que sea, puede ser tan apuesto.

Me perdí la comida y la cena, pero llegué a casa antes de que oscureciera. Dije a mi madre que había ido a recoger endrinas para las mermeladas de Morwenna, y a Morwenna, que me habían enviado a coger rosas para mi madre. Espero que no comparen las dos versiones hasta que yo me haya dormido.

Mi tío George es un águila.

25 DE OCTUBRE

Festividad de los santos Crispín y Crispiniano, zapateros martirizados a golpes de punzón

He mezclado agua y huevos con tinta para pintar las paredes de mi cámara, donde estoy dibujando una escena del cielo, con perros y pájaros que se parecen

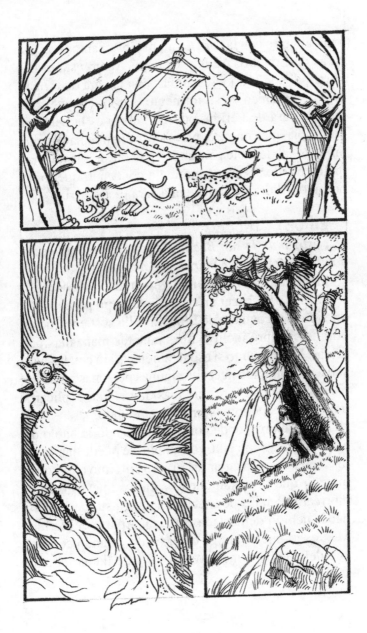

a mí, ángeles con la cara de mi madre y santos con las caras de Edward, Aelis y George. Abajo está el infierno, donde las pobres almas, con la cara de mi padre, se retuercen en su tormento eterno. He puesto a Dios la cara de Perkin, porque Perkin es la persona más sabia que conozco, pero Morwenna se ha llevado un susto tan terrible pensando en la blasfemia que había cometido y en que me iba a condenar, que lo he borrado. Ahora Dios tiene una cara triste y gris.

26 DE OCTUBRE

Festividad de san Beano y san Rústico, que es un nombre que me hace mucha gracia

Meg, la de la vaquería, y yo hemos ido a escoger manzanas para hacer sidra. Mi madre prepara la mejor sidra del condado de Lincoln. Ella sostiene que es porque siempre incluye unas cuantas manzanas podridas. Me pregunto si eso también pasará con las personas, si el mundo necesita algunas personas podridas para que la mezcla resulte más dulce. Eso explicaría por qué Dios permite el mal en el mundo.

Meg sólo responde con risitas cuando le hablo de estos asuntos. Con ella, en cambio, se puede hablar de los remedios para curar un ternero enfermo o de cómo impedir que se metan duendes en los huevos o chismorrear que tal esposa echó anoche a su marido por haber bebido demasiada cerveza. Aparte de Perkin, Meg es mi mejor amiga en el feudo, cuando consigo que deje de hacerme reverencias y de llamarme «mi señora».

27 DE OCTUBRE

San Odran, por cuya alma se pelearon ángeles y demonios

Brilla el sol, así que he abierto las cortinas de mi cámara para que entren la luz y el aire. Me encanta mi cámara cuando está cálida y soleada. En medio de la habitación hay una cama, alta y grande, que comparto con Morwenna; tiene cortinas alrededor y un lecho debajo, donde duermen las criadas. A los pies de la cama hay un viejo arcón de madera tallada, con aspecto de estar lleno de tesoros pero que en realidad está atiborrado de ropa inservible. En la pared derecha se halla mi mural del cielo y el infierno. En la pared izquierda hay tres perchas para mis vestidos y capas. Y justo delante está la ventana, con las cortinas abiertas ahora, y una silla para poder sentarme a escribir y mirar las colinas y praderas que se extienden más allá del patio.

Mañana lloverá. Siempre llueve torrencialmente en las fiestas de san Simón y san Judas.

28 DE OCTUBRE

Festividad de san Simón y san Judas
Hace sol.

29 DE OCTUBRE

Festividad de san Colmano mártir, que enseñó a un ratón a mantenerlo despierto en la capilla

Aelis ha venido con un sinfín de cachorros de su mejor podenco, un regalo de su padre al mío, dice. Yo creo que no podía esperar hasta el día de mi santo para conocer a George. Vino a oír misa con nosotros y se quedó a comer, a bailar y cotillear, a cenar..., y ahora tiene que quedarse a pasar la noche porque es demasiado tarde para volver a su casa. Aelis ha pensado en todo.

He puesto nombre a los cachorros. El pequeño es Brutus, por el primer rey de Bretaña, y las hembras tienen nombre de hierbas: Betónica, Romero, Anís y Trébol.

30 DE OCTUBRE

San Marcelo centurión, muerto por retirarse del ejército

Después de cenar he intentado convencer a George para que juegue conmigo al ajedrez, pero él me ha replicado que había prometido a *lady* Aelis dar un paseo con ella para enseñarle nuestro feudo. ¡Dios Santo! Hay un foso, un patio lleno de barro, la casa, los establos, el granero, el palomar, la letrina y la pocilga. Lo puede ver todo desde la puerta del salón.

He observado a George y Aelis desde mi ventana. Cuando caminan juntos, ella va muy derecha, despacio y callada. No es la misma Aelis de la pradera. Mira a George como si fuera el rey, y él la mira a ella como si estuviera hecha de cristal veneciano. Sólo con verlos me ha dado un pinchazo en el hígado. Tendré que medicarme con ajenjo y menta.

31 DE OCTUBRE

Festividad de san Erc, mártir británico, y víspera de Todos los Santos, cuando salen los fantasmas

Esta noche nos quedamos hasta muy tarde comiendo nueces y manzanas, viendo las hogueras iluminando todo el condado para alejar a brujas y duendes. Mucha gente tiene miedo, porque los muertos pueden aparecerse esta noche, pero los únicos muertos que yo conozco son mis hermanos que fallecieron antes de nacer. ¿Cómo iba a tener miedo de ellos? Ojalá vinieran de visita. Mitigarían el dolor de mi madre.

Mientras asábamos las manzanas al fuego, el tío George nos habló de los sitios en los que había estado. Yo casi podía verlos: el mar de Grava, todo grava y arena sin una gota de agua, que fluye y se ondula como hacen los otros mares y está lleno de peces; la cercana Isla de los Gigantes, hogar de hombres de diez metros que duermen de pie, y la Isla de Pytar, donde la gente es tan diminuta como los elfos y no comen nada, pues se alimentan del olor de las manzanas silvestres. Me encantaría sobre todo ver las bestias que nos ha descrito: unicornios, dragones, caracoles tan grandes que hay hombres viviendo en sus conchas, un animal enorme llamado elefante, con una cola en cada extremo (yo creo que éste se lo ha inventado mi tío), y las increíbles ballenas, peces tan grandes como castillos que se podrían tragar a un hombre entero, a un oso o a un caballo.

Mi tío George ha traído la ilusión y la alegría a mi vida. ¡No voy a dejar que Aelis me lo quite y conformarme con los posos de la copa!

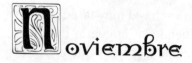

Noviembre

1 DE NOVIEMBRE

Según los sajones, noviembre es el mes de la sangre y el primer día de este mes se celebra la festividad de Todos los Santos

Quitamos las varas de avellano de las puertas y ventanas y bendecimos a Dios por librarnos de las brujas un año más. Ojalá fuera tan fácil librarse del abominable Robert. Viene para Navidad. El primer recuerdo que tengo de mi hermano es cuando ahogaba hormigas orinándose en el hormiguero. Desde entonces no ha hecho más que atormentarme.

2 DE NOVIEMBRE

Conmemoración de los Fieles Difuntos

Hoy he ido de casa en casa con los niños de la aldea a pedir pasteles del Día de Difuntos. Los pasteles que hace nuestro cocinero son muy grandes, pero los de la abuela de Perkin son más ricos. A mí no me importa que a la abuela de Perkin se le vaya la cabeza un poco, porque tiene un gran corazón, pero cuando se le olvida hacernos los pasteles, nos quedamos chafados. Un año hizo los pasteles el día de san Miguel arcángel, en septiembre, y se enfadó porque nadie fue a pedirlos. Otro año, en el Día de Difuntos, mientras nosotros cantábamos en la ventana para que nos diera los dulces, ella nos deseó feliz Navidad y nos cantó a su vez un villancico. Este año acertó el día y ya tengo escondidos en mi cámara varios trozos de pastel para mañana.

3 DE NOVIEMBRE

San Rumwald, que a los tres años de edad dijo «soy cristiano» y se murió

El bestia de mi padre hoy me ha echado unos rugidos especialmente horribles. Para él nunca hago nada bien, aunque la verdad es que ni lo intento. De pequeña solía imaginar que yo era una niña abandonada o, mejor aún, la amada hija de nuestro buen rey Eduardo, pero que me había dejado en adopción con esta bestia y su esposa. Quizá sea cierto y ahora que casi tengo catorce años mi verdadero padre mandará a por mí y viviré en un castillo con alfombras turcas en el suelo y cristal en las ventanas, y me peinaré con un peine de oro y marfil. No, todavía mejor, mi padre auténtico es un leñador del Oeste que vive en una casa hecha de ramas y hojas en la copa de un árbol. Me llevará con él y viviremos con los animales del bosque, bailaremos a la luz de la Luna sobre la hierba húmeda y nadie nos dirá que nos vayamos a la cama o terminemos nuestra labor, como está haciendo ahora Morwenna, ¡que el Diablo se la lleve!

4 DE NOVIEMBRE

Festividad de san Birstan, que una vez estaba rezando por los muertos y oyó que le contestaban «amén»

Llevé a mi papagayo a la mesa, pero se me cayó del hombro y fue a parar al guiso. Tuve que lavarlo para quitarle la salsa de las plumas y dejarlo a secar al fuego. Luego mi padre se puso a rugir porque había unas plumas en el pescado. ¡Cosas peores ha comido! Cuando pasé junto a su silla, después de comer, la bestia me descargó tal golpe que a punto estuvo de quebrarme las posaderas.

Por suerte, mi tío George me guiñó el ojo, con lo cual el cachete valió la pena. Casi se me para el corazón.

5 DE NOVIEMBRE

Festividad de san Zacarías y santa Isabel, padres de san Juan Bautista, aunque eran demasiado viejos

El padre Huw vino a comer a casa después de misa. Está lleno de granos y pústulas y pidió ayuda a mi madre. Para probar mis conocimientos médicos, ella me preguntó qué le recomendaría yo. Por un momento pensé que lo mejor sería que se tirara al río, pero finalmente le receté un ungüento de aceite de laurel y un baño de vez en cuando.

54

6 DE NOVIEMBRE

San Illtud, que navegó hasta Bretaña con barcos cargados de maíz para aliviar una epidemia de hambre

Fui a la pradera a encontrarme con Aelis como habíamos planeado. Estuve esperando todo el día, pero no apareció. Morwenna me pescó cuando entraba en casa a hurtadillas y ahora he de coser como castigo. Me ruge el estómago de hambre y tengo siete garrapatas.

7 DE NOVIEMBRE

Festividad de san Wilibrordo, obispo que se dedicó a matar vacas sagradas, destruir ídolos y todavía vivió hasta los ochenta y un años

Aelis no vino ayer a la pradera porque estaba con mi tío George. Me he preparado otra poción de ajenjo y menta.

8 DE NOVIEMBRE

Festividad de los Cuatro Santos Coronados, que eran cuatro por un lado y cinco santos mártires más

He metido un sapo en la cama de George. No sé por qué. En la comida me puse a llorar y me levanté de la mesa antes del helado de almendra. No sé por qué. Fui a buscar a Perkin para pellizcarle, pero se había ido con las cabras. No puedo ser monje, ni cruzado, ni saltimbanqui. Tendré que quedarme aquí y bordar sábanas hasta que me muera. Estoy muy nerviosa. Me receto a mí misma ajenjo con vino especiado y un poco de flan que ha quedado de la cena. Voy a dejar que todos los perros duerman en mi lecho.

9 DE NOVIEMBRE

Festividad de san Teodoro, soldado que peleó por Cristo

Parece que se acerca una tormenta. El padre Huw dice que las tormentas son obra del Diablo. ¿Significa eso que, cuando hace buen tiempo, el Diablo está ocupado en alguna otra barrabasada? ¿O que, mientras está ocupado haciendo que llueva en Stonebridge, no hay dolor, ni enfermedades, ni hace mal tiempo en ninguna otra parte del mundo? ¿Es que el Diablo es más poderoso que Dios?

10 DE NOVIEMBRE

Festividad de san Justo obispo, que viajó mucho

El padre Huw ha hecho repicar las campanas para alejar la tormenta, pero esta vez está ganando el Demonio.

11 DE NOVIEMBRE

Festividad de san Martín de Tours, que le dio su capa a un mendigo que era Cristo disfrazado

El viento ha arrancado los tejados de varias casas y los desdichados aldeanos se han refugiado en nuestro salón para dormir bajo techo. También se han tronchado algunos árboles y las tierras bajas han quedado inundadas; nuestro río aumentó tanto su caudal que se ha desbordado y ha anegado los campos de alrededor.

Perkin dice que algunos bebés fueron arrastrados de sus casas en sus cunitas y que navegaron hasta tierras desconocidas, como Moisés en la *Biblia*. Esta mañana se veían flotando en el río ratas muertas, nabos y ollas.

12 DE NOVIEMBRE

Festividad de san Cadwaladr, desertor

¿Por qué, me pregunto yo, hizo Dios nuestro rostro con la nariz encima de la boca y no al revés? ¿Por qué la nariz tiene dos agujeros y la boca uno? ¿Y por qué hemos de sonarnos la nariz y no las orejas o los ojos?

Pensaba preguntarle estas cosas a Morwenna, pero cuando no tiene respuestas se limita a gritarme y me manda bordar; de modo que no me arriesgaré. Hoy llueve, así que estoy sentada en mi cámara escuchando la música de mis pájaros y pensando.

13 DE NOVIEMBRE

San Abbo de Felury, muerto en una batalla entre criados y monjes

Mi padre está en cama con un fuerte dolor de cabeza, por abusar de la cerveza. He molido un poco de raíz de peonía para aliviar su dolor, pero se ha tomado los polvos con más cerveza, así que no sé si le harán efecto. Me preguntó por qué en todas las celebraciones hay que beber cerveza: cerveza en los nacimientos, en las fiestas religiosas, en las bodas, en los funerales, en la recolección de las cosechas... Todas las semanas nuestro salón se llena de invitados que se pasan el día celebrando algún evento con cerveza y al día siguiente intentan librarse de ella. Los pájaros, los animales y los niños, que son más inteligentes, no se emborrachan ni tienen dolor de cabeza ni de estómago.

14 DE NOVIEMBRE

Festividad de san Dyfrig, el obispo que coronó a Arturo rey de Bretaña

Todo está perdido. Hoy he estado en la pradera con Aelis y me ha confesado que ama a mi tío George, que él la ama a ella y que se van a casar. Dudo de que su padre, el barón, permita su matrimonio con un caballero sin tierras ni título, pero ella sostiene que siempre se sale con la suya, de modo que estoy asustada. ¿Acaso las dos personas que más aprecio en el mundo me van a abandonar para irse juntos? Estoy muy afligida.

He oído que, si dos amantes tropiezan con un cerdo cuando van de paseo, su amor está condenado. Ojalá pueda apañármelas para que encuentren un cerdo. O mejor aún, una comadreja. ¿Y de dónde saco yo una comadreja? ¿Y cómo consigo reunirlos a los tres? Creo que necesito más ajenjo.

15 DE NOVIEMBRE

Festividad de san Malo, un obispo que le cantaba salmos a su caballo

¡Qué día más gris y lluvioso! He pasado horas bordando para poder pensar en Aelis y George sin interrupciones. Se me ocurrió hacer un maleficio contra ellos, pero no sé de dónde sacar excremento de dragón. Tal vez debería rezar, pero no se me da muy bien pedir las cosas con buenas maneras, ni siquiera a Dios.

16 DE NOVIEMBRE

Festividad de santa Margarita de Escocia, reina y costurera

Hoy están limpiando la letrina. La pestilencia me echó de casa. Fui a pasear por los campos enfangados, mas cuando empezaron a echar el estiércol tuve que regresar. Una cosa tengo clara: si un día me escapo de casa, no será para limpiar letrinas.

17 DE NOVIEMBRE

Hoy es santa Hilda, la abadesa de Whitby, pariente de mi madre según dicen

Han encontrado los restos de varios husos, muchas madejas de lana y un tapiz sin acabar entre las inmundicias de la letrina. ¿Por qué todo el mundo está tan seguro de que son míos?

18 DE NOVIEMBRE

Festividad de san Mawes, que cura los dolores de cabeza, las lombrices y las mordeduras de serpiente

Me ha salido un sarpullido en el cuerpo, donde la tela áspera me roza la piel. Quería darme un baño, pensando que la suciedad empeoraría las ronchas, pero la bañera está volcada boca abajo y se utiliza como mesa en la cocina; no podré disponer de ella hasta la primavera, así que me he puesto grasa de oca en las ronchas. Los perros me siguen a todas partes.

19 DE NOVIEMBRE

Festividad de santa Ermemberga, sucedida por su hija Mildred como abadesa

Hoy hemos oído misa tres veces. Mi padre debe de querer algo de Dios. Un yerno rico, sin duda, aunque no han aparecido más pretendientes con cara de ciruela.

No hay noticias de Aelis, la *robacorazones*, y George. Quizá su amor sólo es una fantasía de Aelis. George no ha dicho nada, eso seguro, aunque le han aparecido ojeras oscuras y ya no me hace guiños.

20 DE NOVIEMBRE
Festividad de san Edmundo, rey y mártir

La historia del rey Edmundo es extraña y maravillosa. Los invasores vikingos lo despedazaron y su cabeza fue a parar bajo un arbusto; y desde allí gritaba «socorro, socorro», hasta que sus amigos lo encontraron y lo llevaron a casa. He añadido al mural de mi pared la cabeza de Edmundo escondida en el arbusto y gritando «socorro, socorro». Le he pintado los dientes de amarillo porque no tengo pintura blanca. A lo mejor eran amarillos de verdad. Como los de casi todo el mundo.

21 DE NOVIEMBRE
Festividad de san Gelasio I, papa que pidió a los obispos que dieran a los pobres una cuarta parte de sus riquezas

Morwenna dice que hoy es el día en que Noé entró en el arca. Yo le he preguntado que cómo lo sabe, ¿acaso estaba allí? Morwenna aborrece que me burle de lo vieja que es, así que se ha limitado a resoplar.

22 DE NOVIEMBRE

Santa Cecilia, que se negó a hacer sacrificios a los dioses paganos y fue ahogada en su baño

Hoy nos ha visitado una procesión de músicos para celebrar la fiesta de santa Cecilia, su patrona. Hemos tenido música en la cena, con laúdes, cítaras, flautas y tambores. Me encantó una canción de Arturo y Ginebra. Era hermosa y trágica. Yo no tengo talento para la música, pero ahora se me ha ocurrido que puedo componer las letras.

Uno de los músicos me ha enseñado un truco con las cuerdas de laúd. Cortó una y esparció los trocitos en un banco cerca del fuego. Cuando se calentaron, empezaron a retorcerse como gusanos. Uno de los perros cayó en la trampa y comenzó a ladrar y arañar el banco. Luego se comió las cuerdas. Nadie se dio cuenta. Es un truco muy malo.

23 DE NOVIEMBRE

Festividad de san Clemente, arrojado al mar con un ancla al cuello

Mi madre, Morwenna y yo vamos a pasar varios días picando, moliendo, hirviendo y filtrando hierbas. Noto el gusto y el olor de la agrimonia, la betónica, la matricaria y el eneldo en mi ropa, en la boca, en el pelo, en las orejas... Mientras trabajábamos, mi madre me contó cómo conoció a mi padre. Dijo:

—Llevaba yo varios años bajo la custodia del barón Fulk, llamado Espadalarga, desde que murió mi padre, viviendo con su familia en su castillo cerca de York. Un día apareció un joven caballero, sin gran fortuna ni renombre, pero de brazos fuertes, ancho de espaldas y con ojos de cuervo. Sostenía que el barón había arrebatado a su padre un terreno de bosques y él venía a recuperarlo. El barón se negó y se rió de él, así que el caballero le desafió a un duelo de honor. Pero el barón mandó a sus hombres que lo echaran y todos nos sentamos a cenar. Recuerdo que comimos pescado y anguilas asadas con manzanas blancas. Durante toda la noche oímos al caballero golpear la puerta de la casa con el mango de su espada, lanzando gritos. Empezó a llover y luego a nevar, pero el caballero permaneció allí un día tras otro, aporreando la puerta y gritando. Yo quedé impresionada con su fuerza y su tozudez, y también el barón, al parecer, porque no dejó que sus caballeros atravesaran al joven con las espadas, sino que le hizo entrar y le escuchó, le entregó los bosques que reclamaba y lo sentó a su lado en la cena. Entonces el joven caballero clavó en mí sus ojos y yo supe que su fuerza y su terquedad me habían ganado también a mí, como al barón, quisiéralo yo o no, de modo que fui a mi cámara y reuní mis ropas. A los tres días estábamos casados y partíamos hacia Stonebridge. Ambos contábamos quince años.

Así se acababa la historia. No me imagino a mi padre de joven caballero, pero desde luego lo veo aporreando la puerta de una casa toda la noche. Le conté a mi madre mis ideas de ser compositora de canciones.

Ella me tiró de una trenza y me dijo:

—¿Escribir canciones, Pajarillo? No quieras abarcar más de lo que puedes —y luego añadió—: Ya haces muchas cosas, Pajarillo. ¿Por qué no dejas de darte golpes contra los barrotes de tu jaula y te dedicas a ser feliz?

No sé exactamente lo que ha querido decirme, pero me ha dejado intranquila.

24 DE NOVIEMBRE

Festividad de santa Minver, que arrojó su peine al Diablo

Hoy le he preguntado a Morwenna sobre los hechizos.

—¿Hay algún hechizo contra las verrugas? ¿Y para curar a las ovejas? Ah —he añadido fingiendo inocencia—, ¿y cómo se hace un hechizo para separar a unos amantes cuando no se tiene excremento de dragón?

—Cuando los amantes estén bajo la luz de la Luna —me ha dicho—, se les arroja tierra de una tumba recién cavada y se dice «amaina, amor, desaparece, y conviértase el amor en odio». ¿Pero qué estás tramando ahora, Pajarillo?

Me ha parecido todo demasiado siniestro. Tengo que encontrar un hechizo que no me obligue a ir a una tumba.

25 DE NOVIEMBRE

Festividad de santa Catalina, virgen de Alejandría que fue degollada tras ser azotada con escorpiones

Hoy es mi santo. Por eso sé bastante de santa Catalina, que fue una princesa que se negó a casarse con un emperador pagano, pero lo que no comprendo es lo de ser azotada con escorpiones. ¿Era una cosa para martirizar vírgenes? ¿Estaba atada en el suelo o de pie? ¿Por qué no la mataron de un flechazo simplemente?

¿Y yo? ¿Preferiría morir antes que casarme a la fuerza? Espero no tener que encontrarme en la misma situación, porque creo que no tengo madera de santa.

Inspirada por los músicos, he escrito una canción para santa Catalina. Empieza así:

«Catalina, bendito sea hoy tu nombre.
¡Tralarí, tralarí!
Te rezamos porque no quisiste entregarte a un mal hombre.

No pudiste salvarte en aquella ocasión.
¡Tralarí, tralarí!
Pero ahora eres santa y te rezamos de corazón.»

No he escrito más. Mi parte favorita es la del «tralarí».

26 DE NOVIEMBRE
Festividad de san Marcelo, que fue capturado por los herejes y arrojado al vacío desde un precipicio

Estoy recluida en mi cámara con mi costura. Por culpa de mi madre. Esto es lo que ha pasado:

Siendo ayer mi santo y mi cumpleaños, hubo una fiesta. Nos sentamos a comer una hora antes del mediodía y nos quedamos en la mesa hasta después de anochecer. El salón estaba atestado de invitados, músicos y criados, y por una vez hacía calor. Comimos huevos, pasteles de manzana, pichones y pavos con salsa de uvas, gelatinas rojas y blancas, tripa de cerdo

65

rellena de huevos y especias, estofado de buey con nuez moscada... Yo comí de todo, menos pichón, que me da aprensión. Durante la fiesta, el cocinero y los mozos de cocina desfilaron por el salón con un pastel gigante que habían preparado en mi honor; hicieron una santa Catalina de azúcar encima de la tarta, con los soldaditos de mazapán martirizándola con sus lanzas.

La comida duró una eternidad. Yo estaba sentada al lado de mi padre, así que no tenía a nadie con quien hablar. George no estaba, así que tampoco tenía a nadie a quien mirar. Ideé por fin una pequeña diversión para pasar el rato. Cogí una cuerda de laúd, el que había sido mío y que ahora es del cocinero, la corté en trocitos como me había enseñado el músico ambulante y los esparcí en un plato de arenque con crema que me pasó por delante.

El calorcito del plato hizo que los trozos de cuerda se agitaran y se retorcieran. *Lady* Margaret, sentada tres sillas más allá, metió la mano con toda delicadeza en el plato y se llevó un trozo de pescado a la boca. De golpe, se levantó de un brinco, chillando como una lechuza, y empezó a limpiarse en su vestido, en el mantel, en mi padre, en cualquier cosa que tuviera a mano. Y mandaron llamar al cocinero, claro. Yo me creí a salvo, convencida de que él cargaría con las culpas, pero no sé cómo se adivinó la verdad. El día de mi santo terminó con el cocinero de pie sobre la mesa, blandiendo ante mí su cucharón y lanzándome sus juramentos sajones. Me enviaron a preparar una poción de canela y leche para la hija del señor de Moreton Manor, que se había desmayado sobre el estofado de carne. ¡Menuda papanatas! Ahora estoy castigada. ¡Dios Santo! Si no era más que una broma.

27 DE NOVIEMBRE
Festividad de san Fergus, obispo irlandés que denunció muchos matrimonios irregulares, a los brujos y hasta a los curas que llevaban el pelo largo

Aún permanezco recluida en mi cámara, con un ejército de doncellas que vinieron para la celebración de mi santo. También está Aelis, la *robacorazones*, y no sé cómo comportarme ante ella. De momento he decidido mostrarme ligeramente fría pero educada.

Aelis dice que su padre no quiere ni oír hablar de su matrimonio con mi tío, y George no le ha dirigido la palabra. Para ser una chica que dice estar muriéndose de amor, su aspecto es muy saludable.

La abuela de Perkin dice que les ponga milenrama en la nariz y escupa, que así Aelis y George ya no se amarán. ¡Madre mía! ¡Me resultaría más fácil coger tierra de cien tumbas que acercarme a la nariz de George!

28 DE NOVIEMBRE
Festividad de santa Juthwara, que llevaba quesos en el pecho y fue decapitada por su hermanastro

Al ir a cenar, Aelis y yo hemos pasado junto a George y les he tirado un puñado de tierra; nos hemos quedado los tres cubiertos de polvo. No era tierra de una tumba auténtica, sino del patio de la iglesia, por si con eso bastaba, porque no pienso aventurarme en ningún cementerio con este demonio de los celos en el corazón. George y Aelis se han quedado atónitos y creo que enfadados.

He repetido varias veces «que su amor se convierta en odio» como conjuro, pero lo he dicho entre dientes para que nadie pudiera oírme, porque si no seguro que me castigan, me destierran, me encierran o se ríen de mí, nada de lo cual me apetece. No sé cuánto tiempo tardará el conjuro en funcionar. Después de cenar no parecía que su amor se hubiera convertido en odio.

29 DE NOVIEMBRE

Festividad de san Paramón y otros trescientos setenta y cinco mártires asesinados en un solo día

Ayer, después de cenar, George acompañó a la comitiva del barón al castillo de Finbury. Hoy ha vuelto a casa, malhumorado y borracho. ¡Dios Santo!, los hombres parecen resolverlo todo bebiendo cerveza.

¿Cuándo empezará a funcionar la maldición?

30 DE NOVIEMBRE

Festividad de san Andrés, pescador, apóstol y mártir, misionero en Grecia, Turquía y Polonia

Quedan tres semanas y tres días para Navidad. He pensado hacer una canción de Navidad, pero no puedo concentrarme. ¿Cuándo hará efecto la maldición?

Diciembre

2 DE DICIEMBRE

Festividad de santa Bibiana, que fue azotada hasta morir

Estaba tan turbada por los acontecimientos de ayer que ni siquiera escribí. Me quedé todo el día junto a mi madre, que me estuvo cantando y acariciándome el pelo como si fuera una niña. Esto es lo que pasó.

El día de ayer amaneció soleado, de modo que Gerd, el hijo del molinero, y yo abandonamos nuestras tareas y nos fuimos a Wooton, donde iban a colgar a dos ladrones. Como no había visto nunca una ejecución, imaginaba que los bandidos sería hombres enormes, zafios y peludos, con cicatrices en la cara, y que, mientras los espectadores chillaban y retrocedían atemorizados, ellos lanzarían maldiciones. Incluso pensaba que sería más divertido que una fiesta o una feria. Como no encontré a Perkin, convencí al cabeza hueca de Gerd para que viniera conmigo.

Nada más salir, sin embargo, empezó a llover, lo cual aguó un poco nuestros espíritus y un mucho nuestros zapatos. El alcalde había mandado construir una nueva horca, de modo que toda la aldea acudió a celebrarlo. La gente se apretaba en torno a la plaza de la iglesia: aldeanos y forasteros, curas y niños, comediantes y buhoneros que vendían todo tipo de comidas y bebidas. Yo compré salchichas, pan, una cebolla, dos pastelillos de carne y un dulce de manzana, y me lo comí casi todo porque el penique era mío y no de Gerd.

Estábamos riendo y gritando cuando vimos llegar al alcalde con la carreta. Yo estaba chillando «los bandidos muertos no roban más», un comentario que me parecía harto ingenioso, cuando la carreta con los dos bandidos, que llevaban ya la soga atada al cuello, pasó a mi lado.

El alcalde los empujó fuera de la carreta y los condujo hacia las escaleras del patíbulo. ¡Dios Santo! No contaban más de doce años y estaban flacos, asustados y sucios. Sus rostros me robaron de golpe toda la alegría. Cuando uno de ellos se inclinó hacia el público y me cogió la manga sollozando y gritando «¡ayudadme, noble señora!», me di la vuelta y eché a correr. Para cuando el primero fue colgado, yo ya estaba a las afueras del pueblo, pero oí los vítores y las risas a mi espalda.

Gerd me alcanzó y nos marchamos de Wooton. El muy mentecato se iba frotando los ojos con sus puños mugrientos, apenado por haberse perdido la diversión. Yo vomité mi pan y mis salchichas; Gerd no. Y durante todo el camino hasta llegar a Stonebridge, resonaban las risas y los gritos de la multitud.

Pero aquel funesto día aún no había acabado, porque nos tropezamos con un funeral que se dirigía a Londres. Era mediodía y apenas lloviznaba ligeramente, pero el cielo estaba tan oscuro como al atardecer. Nunca había visto una comitiva de tantos hombres y caballos en la que reinase tan hondo silencio. Los únicos sonidos eran los golpes sordos de los cascos de los caballos sobre el suelo mojado.

Encabezaba la procesión una multitud de hombres envueltos en capas negras. No podía ver quiénes eran, pero el hombre alto que iba delante tenía la cara más triste que jamás he visto. Detrás de ellos, dos caballos en hilera transportaban una especie de parihuelas con el ataúd. Al final marchaban cientos de soldados con traje de batalla, sin una sonrisa ni un saludo para nosotros, sin emitir ni un ruido, excepto el lento y mesurado golpeteo de sus botas.

Gerd y yo nos fuimos corriendo a casa, temblando de miedo ante la posibilidad de que el rey hubiera muerto. ¿A quién si no iban a llevar a Londres con tanta pompa y tanto duelo? El rey había sido rey desde que yo nací. ¿Cómo íbamos a tener otro? ¿Qué nos pasaría? Gerd se fue al molino y yo irrumpí en el salón como si el Diablo viniera pisándome los talones. Mi madre estaba cogiendo especias para el cocinero del armario cerrado y me arrojé a sus brazos, llorando por el rey y por mí.

—No, Pajarillo —me dijo—, te equivocas al llorar por él. No es el rey quien ha muerto, sino Eleanor, su buena y amable reina. Cuando iba a reunirse con el rey,

71

que estaba guerreando contra los escoceses, la reina enfermó y murió. El rey, con el corazón roto, ha venido de Escocia para llevársela a Londres. Ha mandado construir una gigantesca cruz de piedra para señalar el lugar donde ella yace, en el castillo de Lincoln, y desde aquí hasta Londres se alzarán cruces a lo largo de todo el trayecto.

Supe entonces quién era el hombre alto de la cara triste. Había visto al rey, por fin, por primera vez, y no hubo vítores ni celebraciones ni regocijo, sólo dolor. Yo había llorado con el rey.

Se lo conté todo a mi madre: los pequeños bandidos, las salchichas que había vomitado, la triste procesión... Ella me acunó y me consoló, y se olvidó de regañarme por haberme escapado. Así me sentí algo mejor, pero lo que más me consoló fue la idea de contárselo todo a Perkin.

Morwenna dice que las hadas tienen los rostros de los seres queridos muertos y que algunas personas que han visto hadas los han reconocido. A mí no me daría miedo ver un hada con la cara de la reina, Dios la tenga en su Gloria.

3 DE DICIEMBRE

Festividad de san Birino, primer obispo de Dorchester y constructor de iglesias

George se ha pasado otra vez todo el día borracho. A Aelis se la han llevado a Londres, a la corte del rey para celebrar la Navidad. George nunca pronuncia su nombre. ¿Será la maldición?

4 DE DICIEMBRE

Festividad de santa Bárbara, virgen y mártir, que sufrió múltiples tormentos

Mi hermano Thomas ha venido de servir al rey para pasar la Navidad con nosotros. Como llovía, llegó tan sucio y empapado que no lo reconocí. Es casi un extraño para mí, porque pasa mucho tiempo con el rey, pero no parece tan abominable como Robert, así que no me meteré con él.

Thomas dice que el rey, todavía de camino a Londres con la reina, ya no llora, sino que mantiene su rostro inexpresivo, tan hondo es su dolor. Me pregunto si las madres de los niños bandidos colgados en Wooton llorarán por ellos. Creo que prefiero las fiestas y las ferias a los ahorcamientos.

5 DE DICIEMBRE

Festividad de santa Crispina, a la que afeitaron la cabeza antes de decapitarla

Thomas está muy guapo con sus elegantes calzas y sus zapatos de punta. Se ha pasado un buen rato jugando con los niños de la aldea y adiestrándolos en el arte de la guerra. Yo, sentada al sol, con los ojos cerrados y oyendo los chasquidos de las espadas de madera sobre los escudos también de madera, los gritos de los que morían y los vítores jubilosos de los vencedores, los furiosos gemidos de los muchachos condenados a ser caballos en lugar de caballeros, imaginaba hallarme en las Cruzadas. Esto no se lo contaré a George.

6 DE DICIEMBRE

Festividad de san Nicolás, que ama a los niños, a los prestamistas y a los marinos

Thomas dice que en Inglaterra no quedan judíos. Todos han tenido que abandonar el país por orden del rey. A mí me resulta difícil creer que aquella anciana y aquellos niños de ojos dulces que estuvieron en nuestra casa puedan representar un peligro para Inglaterra. ¿Será una blasfemia pedir a Dios que proteja a los judíos? Se lo preguntaré a Edward.

O tal vez no. Sencillamente se lo pediré a Dios en susurros, confiando en que no sea pecado. Que Dios proteja a los judíos.

7 DE DICIEMBRE

Festividad de san Ambrosio, proclamado obispo de Milán antes de convertirse en cristiano

Thomas dice que en la corte, el rey y sus vasallos inventan y utilizan sus propios juramentos, así que no dicen «¡Dios Santo!» ni «¡Por los clavos de Cristo!», como hacemos las personas vulgares. El rey dice: «¡Por el aliento de Cristo!». Su hijo dice: «¡Por los dientes de Cristo!». Thomas dice: «¡Por los pies de Cristo!». Yo, que tampoco quiero ser vulgar, también elegiré un juramento. Probaré uno cada día a ver cuál me va mejor. Hoy toca: ¡Por la cara de Cristo!

8 DE DICIEMBRE

Festividad de san Budoc, que nació en el mar, en un barril de vino

¡Qué frío hace, por las orejas de Cristo! El Sol bri-

74

lla en un mundo de hadas tallado en hielo. Fuera, nada se mueve. Parece que toda la Creación está apiñada en nuestro salón, así que me he metido a hurtadillas en mi cámara. La chimenea no está encendida, pero puedo taparme en mi cama hasta la barbilla y escribir en paz, aunque el viento haga crepitar y oscilar la llama de la vela y yo haya volcado dos veces la tinta.

Esta mañana el agua de la urraca estaba congelada, así pues he cubierto todas las jaulas con mantos, vestidos y capas para dar calor a mis pájaros. Acaso crean que es de noche hasta que Dios vuelva a calentar el mundo.

9 DE DICIEMBRE
San Wolfeius, primer ermitaño de Norfolk

¡Por las rodillas de Cristo! Una persona no puede llevar encima más que un vestido y una capa cada vez, ¿no? ¿Por qué entonces se han escandalizado tanto mi madre y sus doncellas al ver que he tapado las jaulas de mis pájaros con mi ropa? No puedo creer que quieran que mis pobres pájaros se mueran congelados.

Tendré tiempo de sobra para pensar en esto, porque estoy recluida en la cámara principal, limpiando plumas, alpiste y caca de pájaro de tanta ropa que sería suficiente para todo el ejército francés. No tengo escapatoria. Perkin está atendiendo a su abuela. Aelis, en Londres con el rey. George y Thomas pasan mucho tiempo fuera de casa, montando a caballo, bebiendo y divirtiendo a otra gente, porque a mí no. ¡Por las rodillas de Cristo!, es como si fuera huérfana.

10 DE DICIEMBRE

Festividad de santa Eulalia, virgen y mártir, que le escupió al juez y fue quemada viva

¡Por las uñas de Cristo!, Morwenna está hoy de mal humor. Cada vez que abro la boca me da un golpe en los nudillos con su huso.

11 DE DICIEMBRE

Festividad de san Daniel, que vivió treinta y tres años en lo alto de una columna

Morwenna amenaza con atarme como un ganso y tirarme al río si prosigo con mi búsqueda de la maldición perfecta. ¡Por la barbilla de Cristo! Me trata como si fuera una niña.

12 DE DICIEMBRE

Festividad de santa Mercuria, Dionisia, Amonaria y otra Amonaria, mujeres santas asesinadas por los infieles

Ya me he decidido: ¡Por los pulgares de Cristo! Me ha costado elegir. He optado por los pulgares de Cristo porque los pulgares son muy importantes y útiles. He pensado completar una lista de todas las cosas que no podría hacer sin mis pulgares, como escribir, trenzarme el pelo y tirarle a Perkin de las orejas. Pero ahora me parece un desperdicio de pergamino y tinta, porque no se me ocurre qué propósito puede tener semejante lista, a no ser que un turco infiel viniera del otro lado del mar y amenazara con cortarme los pulgares con su espada de oro, y yo pudiera convencerle de que me permitiera conservarlos leyéndole la lista. Aunque me parece tan poco probable que un turco desee cortarme los pulgares como que una lista pudiera impedírselo. Ahorraré tiempo y tinta y no escribiré nada.

13 DE DICIEMBRE
Festividad de san Judoco, a quien le creció la barba después de muerto y tuvo que ser afeitado por sus seguidores

Hay tormenta otra vez. George y Thomas siguen fuera, pero nosotros estamos aquí enjaulados como gallinas en el gallinero. Me he mantenido fuera de la vista de Morwenna para que no me mande hacer tareas de damas. He empleado el tiempo en preguntarme cosas y he hecho una canción de las preguntas:

«¿Por qué no son todos los dedos iguales?
¿Y por qué los hombres poseen tantos males?
¿Qué produce el frío?
¿Y quién impulsa al río?
¿Cuándo se hace la noche día?
¿Quién dice que el Sol se alce al mediodía?
¿Hasta dónde llega el mar?
¿Conseguiré al final amar?»

14 DE DICIEMBRE
San Hybald, abad de Lincoln (¿será pariente nuestro?)

Hoy me siento muy desgraciada. ¡Estoy harta de tanto coser, me he pinchado los dedos mil veces, tengo los ojos cansados y me duele la espalda! He tirado mi labor escaleras abajo; los perros se han peleado por ella y la han llenado de babas. Luego se la he tirado a los cerdos.

Morwenna me ha estirado de las orejas y me ha pellizcado. Mi madre se ha limitado a echarme un sermón sobre el comportamiento de una dama. Por lo visto las damas no tienen sentimientos y, si los tienen, jamás deben demostrarlos. ¡Por los pulgares de Cristo! Yo siempre siento emociones fuertes y, si no las dejo salir, reviento, como una vaca que necesita dar leche y brama de dolor si no la ordeñan. Así que aquí estoy, castigada en mi aposento. Rezo para que Morwenna no averigüe nunca que estar encerrada en mi aposento no me supone un gran castigo. Inventaría alguna tortura nueva, como mandarme a escuchar la cháchara de las doncellas en la cámara principal.

15 DE DICIEMBRE

San Offa, rey de los sajones del Este, que dejó a su esposa, su tierra, su familia y su país para hacerse monje en Roma y morir allí

Hoy he cenado con un forastero de Kent: otro mentecato en busca de esposa. Éste era simpático y alegre, y conservaba todos los dientes y el pelo. Pero no puede compararse con George o Perkin, así que no quiero saber nada de él. Nuestra conversación en la mesa fue así:

—¿Os gusta montar a caballo, *lady* Catherine?

—Mmpf.

—¿Tal vez podríamos salir a montar juntos mientras esté aquí?

—Ppff.

—Tengo entendido que leéis latín. Yo admiro a las mujeres ilustradas cuando son tan bellas.

—Rrgg.

—Tal vez podríais mostrarme el feudo después de cenar.

—Grmpf.

Y así prosiguió hasta que concebí mi plan, tras percatarme de que lo único que a mi padre le importa más que conseguir un yerno rico es no tener que perder ni uno solo de sus peniques, ni un palmo de sus tierras ni siquiera una de sus cebollas. De modo que de pronto me animé. Me torné de lo más charlatana y amable con el forastero y empecé a presumir de nuestros tesoros, de nuestras ilimitadas propiedades, de nuestros numerosos siervos y de las montañas de plata que, por modestia, mi padre ocultaba; sólo por eso aparentaba ser un sencillo caballero rural. Mi pretendiente, que desde el principio me miraba con buenos ojos, se ha encendido y ha salido volando para hablar con mi padre en la cámara principal.

La tormenta que esperaba no tardó en estallar. ¡Pobre! Ha bajado las escaleras a trompicones, rodando con las manos en la cabeza, mientras mi padre bramaba desde arriba:

—¡Dote! ¡Mansiones! ¡Tesoros! ¿Queréis que os pague por llevaros a la muchacha? ¿Una dote? ¡Yo os voy a dar su dote!

Y mientras el apuesto joven corría por el patio hacia el establo y la libertad, un orinal lleno hasta arriba salió volando por la ventana de la cámara principal y aterrizó en su cabeza. Adiós, pretendiente mío.

Todavía ahora, y eso que me ha dado pena el joven, con su manto arruinado, me río al pensar en mi dote. No hay doncella en Inglaterra que tenga dote similar.

16 DE DICIEMBRE
Festividad de san Beano, obispo irlandés
Me huele mal el aliento, las tripas me hacen ruidos y tengo el hígado inflamado. Debe de ser por comer tanto pescado. Ojalá llegue pronto la Navidad y ponga fin a tanto ayuno. Me estoy convirtiendo en un arenque.

DESPUÉS DE VÍSPERAS, ESTE MISMO DÍA
Mi tío George se marcha. Ya no come, sólo bebe. Está ojeroso y sin afeitar. Ya no cuenta historias ni me guiña el ojo. ¿Será la maldición? ¿Tendré poderes?

17 DE DICIEMBRE
Festividad de san Lázaro, a quien Jesús resucitó de entre los muertos y luego se fue a Francia
George se ha marchado a York. No se despidió, así que no sé si volverá para Navidad ni si mi hechizo ha funcionado. Le echo de menos, pero me gustaba más antes de enamorarse de Aelis. Yo creo que el amor es como el moho, que pone las cosas grises y las estropea.

18 DE DICIEMBRE
San Mawnan, un obispo irlandés que tenía un carnero en casa
El frío nos tiene encerrados en casa otra vez y yo ya no aguanto más. Así es como he pasado hoy el día:

Wat me despertó al amanecer al dejar caer la leña para encender el fuego. Me puse la ropa interior sin salir de debajo de las mantas para no congelarme. Luego tuve que romper el hielo de la jofaina para lavarme la cara y las manos. Me puse el vestido amarillo con la sobrefalda azul encima, los zapatos rojos y la capa, aunque no pensaba salir. Morwenna me ayudó a trenzarme el pelo y a recogérmelo con horquillas de plata.

No oímos misa porque la nieve bloqueaba el camino de la iglesia, así que me fui a desayunar cerveza y pan. Las dos horas siguientes las pasé bordando sábanas en la cámara principal mientras escuchaba a las doncellas de mi madre, que hablaban de la fiesta de Navidad. Comimos muy deprisa, porque la nieve que caía por el hueco de la chimenea apagaba el fuego continuamente, y regresé a la cámara principal, donde al menos hace calor. Y a pesar del ruido de las conversaciones aquí estoy ahora, escribiendo y deseando que llegue el momento de salir a la pradera, a escuchar a Perkin tocar la flauta, rodeada por sus cabras. Faltan muchas horas para ir a cenar y a la cama.

19 DE DICIEMBRE

Festividad de san Nemesio, que fue absuelto de una falsa acusación de robo, pero fue quemado por ser cristiano

Este libro de santos nunca me defrauda. No me he desprendido de él desde que el abad me lo entregó. Se lo enseñé a mi madre, que mostró su admiración por los dibujos y escuchó una o dos historias, pero luego se olvidó de él. Así que ahora es mío. O casi mío. Bueno, bastante mío, porque aquí está, en mi cámara.

20 DE DICIEMBRE
Festividad de los santos mártires Ammón, Zenón, Tolomeo, Íngenes y Teófilo

Estoy demasiado triste para escribir.

21 DE DICIEMBRE
Festividad de santo Tomás apóstol, que coincide con el día más corto y la noche más larga del año

Ha dejado de nevar. La vida comienza otra vez.

Anoche clavé un alfiler en una cebolla y la metí debajo de mi almohada para soñar con mi futuro esposo. Sólo soñé con cebollas y por la mañana tuve que lavarme el pelo. Casi se me congela antes de secarse.

Hemos celebrado el santo de mi hermano Thomas. Comimos toneladas de pescado y montones de manzanas secas. También nos visitaron músicos, juglares y saltimbanquis, y tantos invitados que no quedaban bancos para los jóvenes, así que se sentaron en el suelo y fueron pescando la comida como pudieron. Todavía estoy mareada de ver a los acróbatas y, sobre todo, a un mago, que sacaba fuego de una servilleta y ha hecho aparecer un ramo de rosas de mi oreja.

22 DE DICIEMBRE
Festividad de san Queremón, san Isquirión y otros cristianos egipcios que fueron llevados al desierto y nunca se los volvió a ver

Mi cámara está llena de doncellas que han venido a celebrar la Navidad. Charlan y parlotean más fuerte que mis pájaros, pero desafinan más. No puedo pensar ni escribir, así que poco puedo decir. Echo de menos a Aelis y me preocupa George. ¿Habrá funcionado la maldición?

23 DE DICIEMBRE

Festividad de santa Victoria, una virgen romana a quien mataron a puñaladas por negarse a hacer sacrificios a los ídolos paganos

El abominable Robert ya ha llegado para las fiestas de Navidad. No ha traído regalos, como hizo mi tío George, ni anécdotas de la corte, como Thomas, sino sólo su asquerosa persona y su sonrisa de dientes amarillentos. No hace más que armar jaleos por doquier. A mí me pellizcó cuando estaba tranquilamente sentada y amenazó con asar mis pájaros para la cena de Navidad. Hizo llorar a una de las doncellas. Puso a pelear a los perros hasta que mi padre los echó a la nieve. Se burló de Thomas porque está enamorado de la hija de Arnulf de Weddingford. Robert le dijo que todo hombre necesita un caballo, una espada y una mujer, pero sólo tiene que amar a los dos primeros.

24 DE DICIEMBRE

Nochebuena y festividad de san Mochua de Timahoe, un monje irlandés que una vez fue soldado

Ha amanecido un día claro y sin nubes. Pudimos ir al bosque a buscar muérdago, acebo y hiedra para decorar el salón. Thomas y su amigo Ralph representaron la batalla del acebo y la hiedra, discutiendo quién era más querido por Dios, porfiando con gritos y simulando un torneo de plantas. Todos nos hemos reído con ellos y los hemos aplaudido. Era una bendición estar sin Robert. Como tiene veinte años, cree que ese tipo de juegos son demasiado infantiles para él.

Mientras escribo esto, veo por la ventana el desfile de los aldeanos. Llevan una vaca, un buey y un asno al nacimiento de la iglesia. Pronto se encenderán las fogatas en las colinas, Wat traerá el tronco navideño y comenzará la fiesta de Navidad.

25 DE DICIEMBRE
Navidad

¡Virgen Santa! El salón estaba lleno de invitados y han venido muchísimos amigos de Thomas de la corte para celebrar aquí la Navidad. Hasta el aguafiestas de mi padre intentó no quejarse demasiado del gasto que supone celebrar el día de Navidad. Naturalmente, comimos cabeza de jabalí. La sirvió el ayudante del cocinero en una fuente decorada con manzanas y hiedra. También tuvimos pastel de arenque, leche frita, tortilla de cebolla y mostaza, sopa de nabos, higos rellenos de canela y huevos, sidra de pera caliente y más cosas.

Cuando casi estábamos terminando de comer, oímos que alguien gritaba: «¡Que entren los cómicos!», y comenzó la representación de Navidad. Perkin era un Rey Mago, claro. Thomas Baker era san José y Gerd, el hijo del molinero, representaba al malvado rey Herodes, lo cual hizo que Herodes pareciese más estúpido

84

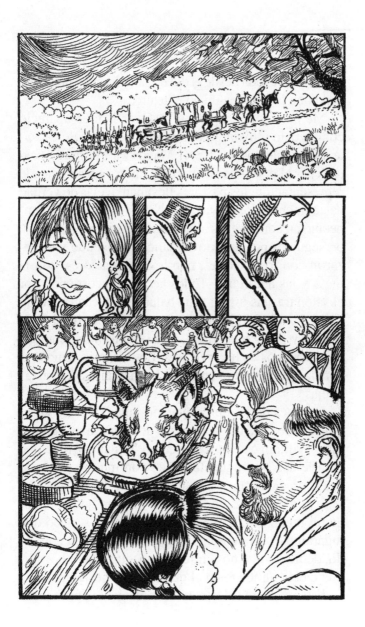

que malvado. Elfa, la lavandera, era la Virgen María. Tenía que haber sido Beryl, la hija de John At-Wood, pero está preñada desde el día de san Miguel y no es virgen ni en la vida real ni en el teatro.

Me emocioné cuando John Over-Bridge apareció con un palo muy largo donde iba la estrella de Oriente. Le seguían los tres Reyes Magos y los pastores, hasta llegar al portal de Belén. Para dar más realismo a la representación, los pastores llevaban ovejas de verdad hasta la cuna donde yacía el Niño Jesús. Una se empecinó en comerse las alfombras del suelo y otras dos, perseguidas por los perros, salieron huyendo y tropezaron con los pastores, con los otros actores, con la mesa y las antorchas. Todos acabamos corriendo por el salón tras las ovejas, que balaban y coceaban como locas. Por fin Perkin utilizó su voz de cabrero para calmarlas y llevárselas fuera, y la obra terminó con dos Reyes Magos en lugar de tres. Los pastores tenían razón: la representación fue mucho más animada con las ovejas.

Después de la representación jugamos a los «dragones». Se trata de sacar pasas del aguardiente en llamas. William Steward se quemó la mano y tuve que curarle con un ungüento hecho con musgo, grasa de oca e insectos aplastados, aunque él declaraba que prefería aguantar el dolor de la quemadura que el hedor de mi ungüento. Entonces mi madre nos suplicó que jugáramos a otra cosa para que nadie acabara abrasado, de modo que nos entretuvimos jugando a la gallinita ciega, un juego en el que sólo recibes golpes.

Esta noche el salón está lleno de gente durmiendo.

He tenido que pasar con cuidado por encima de los que estaban en el suelo para ir a robar higos a la cocina. Si estas páginas están pegajosas, es por los higos. Me encantan.

26 DE DICIEMBRE

Festividad de san Esteban, lapidado hasta morir y primer día de las fiestas de Navidad

Han elegido a Perkin para ser el Rey de los Locos, o sea que durante las fiestas de Navidad tendremos que obedecerle y jugar a lo que él mande. Le hemos hecho un cetro de acebo y una corona con huesos de cerdo, hiedra y laurel. Es muy divertido seguir sus órdenes. Hasta mi padre se ha reído con las fantásticas ocurrencias de Perkin.

Armó caballeros a los perros y los condujo a una Cruzada contra los gatos del granero. A mí me ordenó servirle cerveza y me pellizcó por todas las veces que yo le he pellizcado a él. Sentó a Morwenna en su regazo y ordenó a mi madre que les trajera vino caliente. Luego nos puso a todos a contar acertijos, prometiendo una recompensa al mejor. Gané yo por mi acertijo: «¿Qué es lo más valiente del mundo? El cuello de la capa de mi hermano Robert, porque todos los días agarra a una bestia por el pescuezo.» Me sentí muy orgullosa por haber ganado, hasta que descubrí que la recompensa era un beso de Perkin. Entonces me marché enfurruñada. Robert me pellizcó cuando pasé junto a él.

27 DE DICIEMBRE

Día de San Juan y segundo día de Navidad

Thomas, su amigo Ralph, mi padre, dos mozos de la cocina y Gerd, el hijo del molinero, han acudido todos a mí buscando un remedio para el exceso de fiesta y jarana. Les he recetado un tónico de anís y betónica y les he recomendado beber menos y vomitar más.

28 DE DICIEMBRE

Festividad de los Santos Inocentes, mártires, asesinados por el rey Herodes (y tercer día de Navidad)

Morwenna dice que hoy es el día más desafortunado del año. Me ha obligado a quedarme en mi aposento y no me deja coser ni bordar por miedo a que me pinche, así que para mí no es tan malo.

También es el cumpleaños de Perkin. ¡Él sí que tiene suerte! Nunca le mandan coser, ni tejer, ni irse a la cama. Las noches de verano duerme en el campo con las cabras, que le quieren pero nunca le dicen lo que ha de hacer. A mi juicio, Perkin es la persona más afortunada que conozco.

29 DE DICIEMBRE

Festividad de santo Tomás de Canterbury y cuarto día de Navidad

Nuestro Rey Perkin organizó un torneo entre nosotros y las gallinas. Aunque las gallinas llevaban cascos plateados y espadas hechas de ramas, ganamos nosotros. ¡Gallina para cenar!

30 DE DICIEMBRE

Triunfo de san Félix I, papa y mártir, y quinto día de Navidad

Esta noche han continuado las risas, las canciones, los gritos... Me he metido en mi cámara para escapar de tanto ruido, aunque ni siquiera aquí estoy sola. Me importunan las doncellas invitadas que charlan, charlan y charlan.

31 DE DICIEMBRE

San Silvestre, el papa que curó de la lepra al emperador Constantino, y sexto día de la fiesta de Navidad

Hoy no nieva, así que he sacado a mi yegua Blanchefleur a dar un paseo por los campos helados. Necesitaba soledad y silencio. Hay tanta gente en casa que la letrina es el único sitio donde puedo estar tranquila. ¡Lástima que allí hace demasiado frío para estarse mucho tiempo! Además, con tanto invitado, es el sitio más frecuentado de la casa.

Volví a meter a Blanchefleur en el granero antes de la cena y me tropecé con Robert y Elfa, la lavandera, que estaban revolcándose en el heno. Parece que tendrán que buscarse otra Virgen María para la obra de Navidad del año que viene.

# nero

1 DE ENERO

Circuncisión de Nuestro Señor y séptimo día de Navidad

Perkin quiere que le enseñe a leer. Le gustaría estudiar, pero lo más probable es que toda su vida sea un cabrero, aunque sepa leer. Mi latín no es demasiado bueno. Ojalá estuviera aquí Edward para ayudarme, pero Edward no está y ni Robert ni Thomas saben leer ni escribir. Robert apenas sabe hablar. ¡Lástima que Perkin no quiera aprender a atravesar a un enemigo con la espada o a revolcarse con una lavandera en el granero!

2 DE ENERO

Festividad de Abel el Patriarca, hijo de Adán y asesinado por su hermano Caín (octavo día de las fiestas de Navidad)

Otra vez nieva. Hemos hecho una batalla de bolas

de nieve y todos se han apuntado. Hasta mi madre se mostró alegre y traviesa. Se reía y jugaba como una niña, aunque debe de tener más de treinta años. William Steward se quedó embobado mirándola y le dedicó algunos cumplidos, pero nosotros le metimos nieve por los pantalones para enfriar su pasión.

3 DE ENERO
Festividad de santa Genoveva, que mediante el ayuno y la oración mantuvo apartado de París a Atila, rey de los hunos, y noveno día de Navidad

Me duele la cabeza del frío, el humo y el ruido de tanta gente bebiendo cerveza. En la cena me enfadé con los cachorros porque mordisquearon mi comida y los tiré de la mesa. Después me arrepentí de haberme portado mal con ellos y los he metido en mi cama para que pasen aquí la noche. Menos mal que Morwenna tiene el sueño profundo y no se entera de quién duerme a su lado hasta el día siguiente.

4 DE ENERO
Festividad de los santos mártires Aquilino, Gémino, Eugenio, Marciano, Quinto, Teódoto y Trifón, asesinados en África por el rey de los vándalos, y décimo día de Navidad

Las anguilas se congelaron anoche en el cubo de la cocina, de modo que hoy hemos tenido anguila para comer y pastel de anguila para cenar. Me temo que mañana en el desayuno también habrá anguila con el pan y la cerveza.

5 DE ENERO

Festividad de san Simeón el Estilita, que vivió trein-
ta y siete años en una columna rezándole a Dios, y un-
décimo día de Navidad

No me importa que se acaben las Navidades, porque me he pasado los días curando dolores de cabeza,
empachos y todo tipo de heridas, cortes y moratones
provocados en riñas de borrachos. Casi me he quedado sin semilla de mostaza y sin serpiente cocida.

6 DE ENERO

Festividad de la Epifanía: duodécimo día de Navi-
dad

¡Fin de la Navidad! Espero recuperar pronto mi cámara y mi cama, y compartirlas sólo con los habitua-
les.

Hoy, en la comida, mi madre encontró el haba en
el roscón de Reyes y escogió como rey a mi padre. Yo
encontré el guisante y fui la reina. Mi padre y yo tuvimos que sentarnos uno al lado del otro en la representación, abrir el baile y cenar juntos. Casi se me atra-
ganta la comida al estar tan cerca de la bestia. ¡Ojalá
me hubiera tragado el guisante sin decir nada!

Lo mejor fue cuando entraron los cómicos con sus
pelucas y máscaras: los asnos, los reyes y los gigantes, cantando, marcando el paso y entrechocando sus
espadas de madera. Apenas reconocí a nuestros vasallos; excepto a Sym, por sus enormes pies, y a John
At-Wood, por su pelo rojo que asomaba bajo la peluca de Papá Noel.

John dijo:

—Aquí estoy yo, el anciano Papá Noel, puntual a su cita para hacer el bien.

Y comenzó la representación, con caballeros y dragones, batallas y la prodigiosa aparición de san Jorge. Perkin hacía el papel de san Jorge.

—Aquí estoy yo, san Jorge soy —y aparecía reluciente y hermoso, como un santo y no como un cabrero, incluso cuando se le cayó la peluca dorada y Brutus se la comió.

El dragón contra el que luchó era terrible y bramaba de forma tan convincente que olvidé que estaba hecho de madera, telas y ruedas del molino:

—Yo soy el dragón de hierro, al que ninguna espada puede atravesar. ¡Devoro a los débiles, los puros y jóvenes y dejo sus huesos limpios y morondos!

Era horrendo y feo; tendré pesadillas. Perfecto.

7 DE ENERO
Festividad de san Luciano de Antioquía
Anoche no tuve pesadillas, sino un extraño sueño. De nuevo mi tío George venía a rescatarme del dragón. El dragón le tiraba un puñado de tierra que se convertía en un rayo y George moría a mis pies. ¿Habrá dado resultado mi maldición? ¿Estará George en peligro? ¿Qué significará?

8 DE ENERO
San Nathalan, granjero, y festividad de los agricultores
Hoy los aldeanos celebran el primer día de trabajo después de Navidad, claro que están celebrándolo en

lugar de trabajar. Yo bajé al patio de la iglesia para ver a los muchachos de la aldea bailar y divertirse. Me pregunto cuál es el día en que las doncellas bailan y se divierten.

9 DE ENERO
Festividad de san Fillan, abad escocés cuya campana, cayado y brazo todavía se conservan

Ahora que se han acabado las fiestas, intentamos poner orden de nuevo en casa. Morwenna me ha mandado ayudar a los mozos de cocina a recoger los huesos y los excrementos de los perros que quedaron por el suelo del salón. Hemos encontrado un cinturón de plata con la hebilla de piedras preciosas, tres zapatos, unas medias de mujer, una peluca, el esqueleto de una rata y dos peniques. También encontré el cuchillo que, según Ralf Emory, Walter de Pennington le había robado. Walter va a presentar su queja al rey y puede haber una justa entre ellos en el próximo torneo, aunque al fin y al cabo nadie lo robó; simplemente se cayó. ¿Debería decir algo? Es que me encantaría ver esa justa.

Por la tarde he esparcido menta seca, tomillo y alhelíes por toda la casa. El salón huele mucho mejor, pero tal vez sea porque Robert no está.

10 DE ENERO
Festividad de san Pablo de Tebas, el primer ermitaño, que además vivió hasta los ciento trece años y dos leones cavaron su tumba

Hoy sí que es un día de fiesta: Robert se ha marchado. Se llevó a Brutus, mi cachorro favorito, aunque

94

yo grité, protesté y le di puñetazos en el pecho. Pero cuando salían por la puerta, Brutus se le orinó en el regazo y me lo ha devuelto. Creo que el pobre está asustado, así que esta noche dormirá conmigo. Morwenna y las eternas y pesadas invitadas tendrán que apretarse. Thomas se marcha mañana. Sentiré verle partir.

11 DE ENERO
Festividad de san Higinio, papa y mártir

El río está tan helado que se puede caminar sobre él. Perkin y Gerd, el hijo del molinero, han venido a la cocina a buscar huesos; los pulen, se los atan a los zapatos y así se deslizan por el hielo. Le he suplicado a mi madre que me deje ir, pero tenía dolor de cabeza y ni me ha escuchado. Le he preparado una poción de raíz de peonía y aceite de rosas para aliviarle el dolor. Estaba tan enfadada que le hubiese añadido tártago y cicuta, pero como normalmente la quiero mucho no lo he hecho. En lugar de eso, se me ha ocurrido escribir una lista con todas las cosas que no nos permiten hacer a las doncellas:

Ir de Cruzadas
Domar caballos
Ser monjes
Reír muy fuerte
Llevar pantalones
Beber en las tabernas
Llevar el pelo corto
Mear en el fuego
Andar desnudas
Estar solas

Tostarnos al sol
Correr
Casarnos con quien deseemos
Deslizarnos sobre el hielo

12 DE ENERO
Festividad de san Benedicto Biscop, que coleccionaba libros

He oído que un comerciante de telas de Lincoln tiene la letrina dentro de su casa, en lugar de tenerla en el patio, en una pequeña sala construida sobre un arroyo para que el agua se lleve los desperdicios. ¡Qué maravilla! ¡Podría ir a Lincoln para verlo por mí misma! Me sentaría en la letrina, mearía y pensaría en mi riachuelito navegando por el arroyo hasta llegar al mar a través de lejanas y desconocidas tierras. Ya que yo no puedo viajar, me gustaría saber que al menos mis aguas menores lo hacen.

13 DE ENERO
Festividad de San Kentigern, llamado Mungo, nieto de un príncipe británico

Parece que mi maldición dio resultado. George volvió anoche de York para decirnos que Aelis se había casado con el duque de Warrington, que tiene siete años. Tras la ceremonia, al duque le empezó a doler la garganta y tuvo que irse a casa para que lo cuidara su madre. Su nueva esposa permanece en la corte.

Siento que Aelis haya sido subastada al mejor postor como un caballo en una feria, pero me alegra que mi tío George haya vuelto.

14 DE ENERO
Festividad de san Félix de Nola, torturado pero no martirizado

He intentado hablar con George. No quiere ni oír el nombre de Aelis. No dice nada, ni escucha a nadie. No quiere jugar a nada y sus ojos, antes brillantes y risueños, ahora están oscuros de dolor.

He pensado escribir una canción sobre su amor maldito, pero él me ha dicho que me lo guarde para su fiesta de compromiso con Ethelfritha, la viuda de un mercader de sal de York que es muy rica. Le he preguntado si la amaba. Él me ha dicho que ama su dinero, sus negocios y su buen corazón, y que con eso bastaba.

Realmente mi hechizo se ha convertido en una maldición. Aelis se casa con un mocoso y George suspira y sufre. Para colmo, él ni siquiera es mío, sino que va a casarse con una viuda gorda y sajona. ¡Por los pulgares de Cristo, ojalá hubiese fracasado! Tengo dolor de tripas. Espero que sea de frío, pero me temo que es culpa del remordimiento.

15 DE ENERO
Santa Ita, madre adoptiva de los santos irlandeses

George se ha vuelto a marchar a York. Todavía me gruñen las tripas.

16 DE ENERO
Festividad de san Enrique, que se convirtió en ermitaño para no casarse

A veces no es tan malo tener a un cerdo por padre. Hoy me ha sido útil. Había invitados a comer y yo no me había percatado del peligro, así que me comporté con naturalidad, con mis cosas buenas y mis cosas malas, como siempre. Conté la historia de aquella vez en que Perkin y yo vestimos a su cabra más vieja con la ropa de su abuela y la soltamos en la iglesia cuando un fraile que estaba allí de visita predicaba sobre los terrores del infierno. Los aldeanos que llenaban la iglesia, convencidos de que el predicador les había soltado al mismo Demonio, se atropellaron unos a otros en sus intentos por escapar del maligno. La abuela de Perkin reconoció sus ropas y empezó a perseguir a la cabra para recuperarlas, amenazándola con un cirio. El asustado animal vomitó en medio de la iglesia, balando frenéticamente, y se arrojó al regazo de Perkin. Era una historia estupenda, pero no a todos mis oyentes les hizo gracia. Terminamos de comer en silencio.

Sólo más tarde averigüé que uno de los invitados era otro pretendiente, que quedó muy complacido conmigo e incluso con mi historia, pero tan ofendido por los pedos y eructos de mi padre y por su insistencia en rascarse el pecho con el cuchillo, que murieron en él todas las esperanzas de matrimonio. Nunca le diré a mi padre que le estoy agradecida.

17 DE ENERO

Día de san Antonio Abad, jardinero y autor de muchos milagros

Ha caído una helada. Se me ha congelado la tinta y he tenido que derretirla sobre el fuego para poder escribir. Y ahora no tengo nada que contar.

18 DE ENERO

Festividad de san Ulfrid, martirizado por romper una estatua de Thor con su hacha

Ahora que estamos en pleno invierno y llevamos semanas comiendo alubias, huevos y manzanas arrugadas, carne salada y arenques, tengo la sensación de que no volveré a ver melocotones y ciruelas, pescado fresco, perejil, puerros... He pintado en el mural de mi cámara un árbol cargado de fruta fresca, cuyo jugo cae justo en la boca abierta de un guerrero rubio, montado en un corcel negro, con mi cara (el guerrero, no el caballo).

19 DE ENERO

Festividad de los santos Mario, Marta, Audifaz y Ábaco, una familia de persas martirizados en su peregrinación a Roma

Hoy hay mucho jaleo en casa. Resulta que las ovejas se han puesto de acuerdo para parir todas al mismo tiempo, justo en plena nevada. Se han llevado a las ovejas preñadas al granero y las demás están en el corral del patio. Muchas han tenido por el camino sus corderitos, y los pastores se han puesto los recién nacidos dentro de sus camisas; parecen obispos gordos.

20 DE ENERO

Festividad de san Sebastián, al que dispararon flechas, se recuperó, acusó al emperador de crueldad y entonces lo mataron a palos

Edgar, el aprendiz de zapatero, ha desaparecido. Salió a hacer sus necesidades en plena noche y no volvió. William Steward y los aldeanos han salido a buscarle, pero la nevada de anoche fue tan fuerte que albergan pocas esperanzas de hallarlo con vida.

21 DE ENERO
Día de santa Inés
Otra virgen que prefirió el martirio al matrimonio con un infiel. Me pregunto qué tienen de malo los infieles. No pueden ser peores que Robert.

22 DE ENERO
Festividad de san Vicente de Valencia, que sufrió la cárcel, el hambre, el descoyuntamiento de sus miembros y el fuego
Anoche salí a escondidas para ayudar con los corderos. No es que me entusiasmen las ovejas, son tontas, huelen fatal y tienen mal genio, pero los corderitos son dulces y suaves. Nadie notó mi presencia, de modo que me senté envuelta en mi manto, con los corderos dormidos en mi regazo, e inventé una canción de corderos que ahora no recuerdo, aunque era buena.

23 DE ENERO
Festividad de santa Emerenciana, hermana de leche de santa Inés, que fue lapidada mientras rezaba en su tumba
Han encontrado a Edgar. Se perdió al volver a su casa en medio de la tormenta y se refugió en un viejo cobertizo que quedó cubierto por la nieve. Ésta pesaba tanto que no pudo moverla, así que se quedó atrapado allí estos cuatro días. Esta mañana lo han libera-

101

do: un pastor vio el palo que Edgar consiguió meter entre la nieve; había atado un calcetín en la punta. Gracias a Dios. En realidad no había ido a la letrina, sino a robar huevos de nuestro gallinero, así que al menos tenía algo que comer.

24 DE ENERO
Festividad de san Timoteo, que reprendió al que ofrecía sacrificios a Diana y fue apedreado

Los únicos textos en latín que tengo para que Perkin aprenda a leer son los documentos y las cuentas de la casa, así que me he inventado unas historias sencillas con mi mejor latín y estoy enseñando a Perkin con ellas. Él dice que le gustaría leer frases más variadas que «*Pater meus animalus est*» o «*Non amo Robertum*». Yo hago lo que puedo.

26 DE ENERO
Santa Paula, una viuda romana que se convirtió en cristiana, repartió sus bienes a los pobres y se retiró al santo pesebre del Señor

Dentro de dos semanas regresa el barón Ranulf con Aelis. Su esposo aún está al cuidado de su madre. George está en York. Mis tripas todavía rugen y continúa el frío.

28 DE ENERO
San Juan el Sabio, un filósofo irlandés al que sus discípulos mataron a cuchilladas

Anoche durmieron en nuestro salón dos monjes de la abadía que iban de camino a Roma. Al parecer, Dios le dijo a su abad que quiere que los restos de dos mártires romanos sean trasladados a la iglesia de la abadía. El hermano Norbert y el hermano Behrtwald van a Roma a por ellos. Roma está tan lejos que no volverán hasta la cosecha.

Había pensado ir con ellos, pero esta mañana estaba todo tan oscuro, había tanta nieve y el viento era tan fiero, que me acurruqué bajo las mantas y decidí salir de aventuras un día más cálido.

29 DE ENERO

Festividad de san Julián, que mató accidentalmente a sus padres y, en su dolor y remordimiento, construyó un hospital para los pobres; es el patrón de los posaderos, barqueros y viajeros

Nuestra perra Pimienta está poseída por un demonio. Aúlla y gime, se rasca la cabeza, corre por el pasillo y se frota la cara en la paja. Morwenna ha hecho un amuleto que yo he humedecido con saliva y le he atado a la cabeza (a la perra, no a Morwenna). Rezo para que el demonio salga de Pimienta sin entrar en nadie más.

31 DE ENERO

Festividad de san Maedoc de Ferns, que vivió siete años sólo de pan y agua

Hemos quitado todos los adornos de Navidad. El salón está muy sombrío y desnudo. Todavía hace frío, pero gracias a Dios la mayoría de los corderos ha sobrevivido.

ebrero

1 DE FEBRERO

Festividad de santa Brígida de Irlanda, que con-
virtió el agua de su baño en cerveza para los monjes

El amuleto de Morwenna no parece ayudar a Pimienta, así que hemos avisado al padre Huw, pero se
niega a realizar milagros con los perros. Mi padre dice que no puede soportar los aullidos y las carreras, así
que ha entregado a Pimienta a Rhys, el de los establos,
para que la mate. Yo he convencido a Rhys para que
deje que se la quede Perkin. Los perros se parecen mucho a las cabras. Tal vez Perkin pueda ayudarla.

3 DE FEBRERO

Festividad de santa Ia, que navegó por el mar de
Escocia en una hoja

Hoy estoy castigada en mi cámara por haberme portado mal con Fulk, el hijo gordo y fofo del barón Fulk
de Normandía. Fue así:

Ayer mi padre recibió a un mensajero del barón

Fulk. Dijo que el barón llegaría al mediodía para discutir los arreglos de un futuro matrimonio entre el joven Fulk y yo. «¡Por todos los demonios, no me casarán en contra de mi voluntad!», pensé. Por si acaso, me escondí en la letrina para observar su llegada, dispuesta a reconsiderar mi negativa si el joven Fulk me parecía inteligente o divertido.

Cuando se mezclan harina, sal, agua y levadura para hacer pan, la masa se pone en un lugar caliente, se hincha y se vuelve blanca, blanda y esponjosa, ¿no? Pues tal era el aspecto del joven Fulk. ¡Por los pulgares de Cristo! No me extraña que el barón estuviera dispuesto a casarlo con la hija de un noble rural.

Permanecí en la letrina hasta que Morwenna, que había bebido mucha cerveza en el desayuno, fue allí y me encontró. Me llevaron al salón y estuve enfurruñada durante toda la comida: cordero con uvas y tarta de frutas. Durante el baile me mostré ceñuda y escuché las canciones de los trovadores con gesto huraño.

Después de comer, mi padre y el barón se retiraron a jugar al ajedrez; y mi madre fue a echar la siesta; Morwenna, a la cámara principal; el joven Fulk, a los establos; y yo, a la letrina otra vez. De pronto oí una masa de carne que se acercaba y me asomé. Era Fulk. Me escabullí sin que me viese y él ocupó mi lugar en la letrina, así que la incendié.

¡Por los huesos de san Wigberto! Juro que lo hice sin mala intención. Prendí fuego a un montoncito de heno que había por allí sólo para molestar al fofo de Fulk llenando la letrina de humo. Pero el caso es que la letrina estalló en llamas.

Yo no quería incendiarla, ni sabía que la puerta se atascaría. El humo y los berridos de Fulk atrajeron la atención de todo el feudo, que acudió en su ayuda. Ni era mi intención que, cuando por fin Fulk logró salir, lo hiciese sin los calzones. ¡Por los pulgares de Cristo, sus posaderas son del tamaño de una rueda de molino!

Una vez apagado el fuego, tras las risas y las bromas, naturalmente me echaron la culpa a mí. Ni Morwenna ni mi padre me han preguntado si lo hice adrede. Me pegaron y me mandaron a mi cámara. Luego padre e hijo se largaron sin sellar mi compromiso. Rhys, John y Wat tienen que construir una letrina nueva.

4 DE FEBRERO

Festividad de san Gilberto, ebanista y fundador de monasterios

¡Pimienta ha vuelto a casa! Perkin no le halló demonio alguno, sino un higo confitado en la oreja. El higo ya está fuera y Pimienta vuelve a ser la misma de siempre.

Mi madre aprovechó mi buen humor para hablarme del joven Fulk y de mi travesura. Ya me lo veía venir. Primero me echó un sermón sobre la cortesía que hay que mantener con los invitados; luego sobre la obediencia al padre; y finalmente insistió en el comportamiento correcto de una dama: hablar y reír con moderación. ¡Dios Santo!

Yo le dije:

—Siento muchísimo que Rhys, John y Wat tengan

106

que construir otra letrina y siento haberos decepcionado. Pero no me casaré con el gordo y fofo de Fulk; probablemente volvería a prenderle fuego.

—Lo cierto —contestó ella— es que el barón Fulk no aceptó el compromiso matrimonial no por culpa del fuego, sino porque tu padre le ganó jugando al ajedrez. Creo que tu padre no se humillaría ni ante el mismísimo Dios Santo. Ni siquiera para conseguir que el hijo de un barón se case con su hija.

Entonces suspiró y yo sonreí. Es bueno saber que cuento con el orgullo de mi padre, además de su brutalidad, para ahuyentar a los pretendientes.

5 DE FEBRERO

Festividad de santa Ágata, que se negó a casarse con el cónsul Quintiniano y por esa razón fue torturada con azotes, en el potro y con fuego, y finalmente le cortaron los pechos (entiendo un poco su dilema)

Mi madre está embarazada otra vez. Mi padre sonríe con presunción y le da palmaditas en la barriga hinchada. Ya está presumiendo de su hijo.

A mí no me parece que necesitemos otro bebé. Mi madre dice que los niños son un regalo de Dios, aunque a veces parezcan un castigo, y que como regalos de Dios debemos darles la bienvenida.

—También me gusta cómo huelen —dijo—. Y cómo te echan los bracitos al cuello y te plantan húmedos besos en la mejilla.

Pues a mí me gustan más los perros. ¿Y si esta vez Dios, no contento con el bebé, se la lleva a ella también? Tengo miedo.

6 DE FEBRERO

Festividad de santa Dorotea, virgen y mártir que envió una cesta de fruta desde el Jardín del Edén, y por tanto hoy celebramos la fundación de la iglesia de nuestra aldea, Santa Dorotea, hace ciento siete años

Ésta sería mi fiesta favorita si todos los años la celebráramos como hoy. Primero oímos una misa especial, es decir, que duró el doble de lo normal y mi mente vagó también el doble y mis rodillas se cansaron el doble. Luego nos reunimos en el salón para comer: tripas de cerdo rellenas de nueces y manzanas, arenque con nabos, y un pavo asado asqueroso, con las plumas de la cola pegadas otra vez al cuerpo.

Se bebió en abundancia: vino, cerveza, sidra y zumo de pera; así que todos estábamos muy alegres cuando jugamos a la gallinita ciega. Cada vez que le tocaba vendarse los ojos *lady* Margaret, que es una cabeza hueca, revoloteaba aquí y allá por todo el salón y acababa en la despensa, adonde la seguían todos los jóvenes; ninguno volvía a incorporarse al juego hasta un buen rato después. ¡Válgame Dios! ¡Qué forma tan rara de jugar!

De repente se ha armado un gran alboroto. Dos de los hombres de mi padre han desenvainado las espadas y han empezado a pelear, acusándose mutuamente de haber mirado por debajo de la venda. Todos nos apartamos mientras Richard y Gilbert, gruñendo y maldiciendo, se lanzaban terribles estocadas. Peleaban sobre las mesas, donde volcaron fuentes y copas, y pisotearon los platos de carne; en los bancos, que se hicieron astillas; pegados a las paredes, donde sus afiladas hojas abrieron nuevos tajos en los ya maltrechos tapices...

Estuvieron luchando toda la tarde, hasta que quedaron tan cansados que no podían ni levantar sus espadas. Gilbert lanzó una última estocada a Richard, perdió el equilibrio y se cayó. Sus respectivos amigos se unieron a la pelea, entre maldiciones y gruñidos, gritando quién tenía razón. Finalmente nos metimos todos en la discusión, hasta los cocineros y los criados con sus cucharones y sus cacharros. Yo, como no disponía de arma alguna, arrojaba comida a todo el que se me ponía a tiro, fingiendo que era un cruzado combatiendo contra los infieles con restos de tripa de cerdo y crema de almendra.

Un grupo tropezó con la chimenea y dispersó los tizones ardiendo y las cenizas por las alfombras. De pronto se incendió todo el suelo del salón. Se chamuscaron hasta los zapatos de William Steward. William y Gilbert se han puesto a echar jarras de vino para apagar las llamas; Richard pisoteaba las chispas dispersas; y el listo de mi padre se ha bajado los calzones y se ha meado en el fuego. El incendio templó los ánimos y todo el mundo se sentó a beber otra vez en una mesa en ruinas; discutimos qué bando se había llevado la mejor parte. Si me convirtiera en santa, me gustaría que mi fiesta se celebrase exactamente así.

8 DE FEBRERO
Festividad de san Cuthman, ermitaño y mendigo que llevaba a todas partes a su madre inválida en una carretilla

Ayer me pasé el día curando dolores de cabeza, tripas revueltas y varios cortes, tajos, arañazos y quemaduras, incluidas las mías. Antes de comer, encontramos a Roger Moreton inconsciente cerca de la despensa, oculto por las cenizas negras y húmedas. Había recibido una grave herida durante la pelea y se había pasado toda la noche allí desatendido mientras nosotros dormíamos. Ahora descansa en el cámara principal, en la cama de mis padres, con la herida llena de telarañas y una fiebre altísima.

9 DE FEBRERO
Festividad de santa Apolonia, que alivia los dolores de muelas
La herida de Roger se ha vuelto negra y maloliente. Mi madre, Morwenna y yo hacemos todo lo que podemos, pero continúa inconsciente y la fiebre no baja.

10 DE FEBRERO
Festividad de santa Escolástica, la primera monja
Roger murió esta mañana. No llegó a despertarse. Tenía diecisiete años.

11 DE FEBRERO
Festividad de santa Gobnet, virgen y apicultora
Hoy se celebra el funeral de Roger. En nuestro salón vuelve a resonar el ruido, la música y el bullicio de las peleas, como el día en que nuestras brutales bromas le mataron. Durará toda la noche, hasta el funeral de mañana. Habrá una misa y después continuará la fiesta. Yo estoy en mi aposento; me duele la cabeza y

tengo el corazón encogido. No me apetece comer, ni beber, ni ver a nadie.

13 DE FEBRERO

San Modomnoc, que llevó abejas a Irlanda

He dicho a Morwenna que tengo las manos heladas y no puedo bordar. Ahora me vigila como un halcón para asegurarse de que tampoco puedo escribir. Paro de momento.

14 DE FEBRERO

Festividad de san Valentín, presbítero romano que murió mártir en la vía Flaminia

Hoy es el día en que los pájaros eligen su pareja. Yo he estado observando a los míos toda la mañana, para ver si se apareaban, pero se han comportado como siempre; me lo he debido de perder. Sin embargo, no hay duda de que es la época de apareamientos. Meg no ha parado de sonreír bobamente mientras acarreaba los baldes de leche; ha ido dejando un reguerito de leche a su paso. El cocinero se ha pasado la mañana con la rubicunda hija de Wat, enseñándola a hacer pasteles. La mitad de los mozos de cocina ha desaparecido con la mitad de las sirvientas. Y hasta mi padre ha plantado un beso en la cabeza de mi madre.

Mientras tejíamos, Morwenna y yo hemos hablado del amor y el matrimonio. Yo le he dicho que a mí me parece una tontería y una pérdida de tiempo, y que si fuese rey lo prohibiría.

—Hasta el rey tendría problemas para imponer esa ley, Pajarillo —me ha contestado ella—. No se enciende un fuego con una sola rama, y las criaturas de Dios necesitan más que nada en este mundo calentarse.

Luego se echó a reír como una tonta y ya no pude sacarle nada en limpio. ¡Por los pulgares de Cristo! ¡La época de celo también ha enturbiado el poco seso de Morwenna!

16 DE FEBRERO

Festividad de santa Juliana, que luchó con el Diablo

Voy a ir al castillo de Finbury para visitar a la duquesa de Warrington, que antes era *lady* Aelis. Está allí esperando que crezca su esposo. ¡Me quedaré con ella catorce días! Tengo un nudo en el estómago, de nervios y de remordimientos. Me llevaré bastantes remedios.

18 DE FEBRERO

Día de santa Eudelme de Little Sodbury, de la que no se sabe nada, sólo que era santa, aunque no entiendo cómo sabemos eso

Llegamos al castillo de Aelis justo antes de comer: Morwenna, yo y nuestra escolta. Atravesamos con gran alboroto el foso y la puerta principal que daba al patio. El castillo parecía una ciudad de piedra. Junto a la gran muralla se alzaban torres de diferentes alturas: un cobertizo de tejado inclinado, una cocina con una chimenea tan alta como el campanario de una iglesia, un gran salón, una destilería, graneros y establos con el techo de paja, una pocilga, una herrería y una capilla.

El patio era un hervidero. Los caballos se paseaban libremente sobre el suelo cubierto de nieve, charcos y barro sucio. Los campesinos agarraban por las patas a las gallinas y demás aves para ofrecérselas a los posibles compradores. Las lavanderas removían enormes barricas de ropa sucia en agua con jabón, como si fueran cocineras preparando un guiso de vestidos y calzones. Los panaderos correteaban de un lado al otro, desde los hornos, a un lado del patio, hasta la cocina, cargados con enormes cestos de humeante pan recién hecho. Había canteros tallando piedras mientras otros mezclaban el mortero para proseguir con las inacabables reparaciones. Y por todas partes había niños tropezando con todo el mundo, robando pan, persiguiendo a los perros, salpicando y pisoteando el barro.

Al acercarnos al gran salón, el olor se ha hecho especialmente patente: el hedor rancio de los enfermos, los pobres y los viejos que se arracimaban en la puerta esperando recibir algunas migajas de comida o ropa, la basura y las cenizas sucias que se apilaban a la puerta de la cocina, y sobre todo el aroma de la grasa tostada y la carne guisada con cientos de hierbas, especias, miel y vino para organizar la comida de un castillo.

El salón principal era más grande que nuestra casa de Stonebridge, y en las mesas se amontonaban tantos platos de oro que mi padre se hubiera muerto de codicia sólo con verlos. La comida ha sido un auténtico banquete, de la que tenemos en casa sólo en ocasiones especiales: anguilas con gelatina de membrillo, erizo con crema y pasas, guisantes, mucho vino y, de postre, castillos, barcos y dragones de azúcar. También había músicos, trovadores y muchas risas. Advertí, sin embargo, que muchos platos estaban cubiertos por una fina capa de nieve, porque las cocinas están fuera y hay que llevar los platos desde allí hasta el salón.

Después de comer Aelis y yo paseamos por el patio del castillo un rato, pero hacía demasiado frío, así que nos metimos en la perrera para ver a los cachorros. Un mozo que no debe de tener más de diez años duerme allí para atenderlos. Estaba muy delgado y parecía muerto de frío. Los perros estaban más limpios y mejor alimentados que él. Le di un poco de pan y queso que me había escondido en la manga para más tarde; pensé que no me gustaría atravesar el patio en mitad de la noche para robar comida de la cocina como hago en mi casa.

Ahora que Aelis está casada, lleva el pelo recogido en dos moños, pero le gusta chismorrear como cuando era soltera. Quería hablarme de George, pero a mí me reconcomía la culpa y cambié de tema. Ella dijo que le había mandado un mensaje y que, aunque él no había contestado, le amaría hasta la muerte. Me siento muy culpable.

19 DE FEBRERO
Festividad de san Odran, conductor del carro de san Patricio

En un castillo hay muchos más ruidos por la noche que en mi casa. Apenas pude dormir con el alboroto y los gritos de los guardias, las risas y los gritos de los invitados, que seguían bebiendo en el salón, y el eco

115

de los pasos sobre la piedra, que nada amortigua.

Luego, desde primeras horas de la mañana, se han puesto a trabajar en la cocina y a limpiar la letrina. Ha llegado un mensajero para anunciar que la prima del rey, *madame* Joanna, se detendrá aquí para descansar en su viaje de York a Londres. Llegará dentro de tres días.

Aelis y yo nos hemos escondido para que no nos encarguen ninguna tarea y nos hemos dedicado a imaginar cómo será la dama. Aelis la imagina alta como el rey, delgada como una comadreja y blanca como un hueso de ballena; vestida con tela de oro y terciopelo verde, con joyas en lugar de llaves colgadas de su cinto. Eso dice Aelis.

Yo creo que tiene que ser ingeniosa y divertida, y tal vez escriba canciones. Nos llevaremos muy bien y me cobrará tanto afecto que no deseará separarse de mí, así que me llevará a Londres, al palacio del rey, donde bailaremos todas las noches hasta el amanecer y correremos aventuras. Muchos caballeros nos amarán y desearán morir por nosotras, pero nosotras no querremos a ninguno. Y si deseamos ser titiriteras en una feria o deslizarnos sobre el hielo o convertirnos en músicos ambulantes, lo haremos, porque ¿quién podría negarse a los deseos de la prima del rey y su amada amiga? ¡Nunca más tendré que tejer ni bordar, ni peinar lana, ni remover cubas de agua hirviendo, ni nada! Y nadie podrá casarse conmigo por dinero o por tierras. Ardo en deseos de que llegue esa dama y que sea amable y hermosa como el verano.

He cepillado y alisado mi mejor vestido, el verde,

116

y Aelis me dejará su manto color lavanda para esconder las manchas que tiene. Me he lavado el pelo y casi me achicharro la espalda en el fuego al intentar secármelo. Tengo los zapatos limpios y las uñas también. Debo estar impecable en esta ocasión.

20 DE FEBRERO

San Wulfric de Haselbury, un ermitaño que se bañaba en agua fría frecuentemente para hacer penitencia

Todo está dispuesto pero *madame* Joanna no ha llegado aún. Aelis y yo estamos acurrucadas bajo la colcha de la cama, intentando mantenernos en calor mientras escribo. En el techo de la cámara hay carámbanos, justo en el ángulo más alejado del fuego. Yo creía que los grandes barones y sus familias vivían con lujo, pero este castillo es más húmedo y frío que nuestra casa en Stonebridge. Y hay tantas pulgas aquí como en casa, aunque el vino es mejor.

Dos aldeanos y una cabra murieron anoche congelados.

¿Dónde estará mi querida protectora?

21 DE FEBRERO

Festividad de san Pedro Damián, cardenal y obispo, que también era poeta y sabía hacer cucharas de madera

Madame Joanna ha llegado hoy mientras estábamos comiendo. El barón salió rápidamente para darle la bienvenida y la hizo pasar. Yo me quedé de piedra. Debe de tener más de cien años y es diminuta, más pe-

117

queña que la hermana de Robin Smallbone, que aún no ha cumplido ocho años. Tiene la cara arrugada y cetrina, cubierta de pelos grises; los ojos redondos y rojos, y le faltan todos los dientes menos los dos delanteros. «¡Por los pulgares de Cristo!», pensé. «¡Es *madame* Ratón!»

La observé con atención durante la comida. Llevaba el velo y la toca arrugados y manchados de grasa, de tanto tocárselos con los dedos para alisárselos. Cuando hablaba o comía, lo que hacía al mismo tiempo, silbaba y ceceaba tanto que nadie entendía ni una palabra. Un minúsculo perro que parecía un abejorro peludo estuvo sentado en su regazo toda la comida. Ella le daba los mejores trozos de carne que cogía de los cuencos. A veces el perro olisqueaba o lamía un trozo de carne que luego no quería comer y ella volvía a dejarlo en el cuenco. Nadie se atrevió a decirle nada, ¡tratándose de la prima del rey!

¿Es ésta la amada amiga, hermosa como el verano, que iba a rescatarme para llevarme a la corte donde danzaríamos y nos divertiríamos? Del disgusto se me ha revuelto el estómago y ahora tengo mal aliento.

Después de comer *madame* Joanna se ha dedicado a adivinarnos el porvenir. No se la entendía, porque hablaba con proverbios y acertijos a la vez que silbaba y ceceaba, pero algunos adivinaban que hablaba de amor, y se sonrojaban, y otros creían oírle hablar de riquezas, y sonreían; así que casi todo el mundo acabó complacido y contento con sus predicciones.

Casi me desmayo cuando, al llegar mi turno, me dijo:

—Acércate, Pajarillo.

¿Cómo sabía que me llamaban así? Me miró fijamente, tan cerca de mi cara que sus silbidos me hacían cosquillas en la barbilla. Finalmente me dijo:

—Eres afortunada, Pajarillo, porque tienes alas. Pero debes aprender a dominarlas. Fíjate en el halcón del barón, permanece impasible en su percha. El hecho de que no mueva las alas, no significa que no pueda volar.

Me impresionó que supiera mi nombre, pero no entendí lo que quería decirme, así que me he venido a la cama.

22 DE FEBRERO

San Baradates, llamado el Admirable, aunque no dice por qué

El Sol brilla con fuerza hoy y calienta el mundo. Después de comer, el barón organizó una jornada de cetrería, aunque todavía no ha llegado la temporada de caza, alegando que no podía desperdiciarse un día tan glorioso. Pasarán la tarde lanzando pájaros para cazar y matar otros pájaros. Es evidente lo que pienso al respecto. Aelis ha ido con ellos.

Después de pasarme un rato soñando al sol, entré en el salón y encontré allí a *madame* Joanna, que estaba comiendo repollo hervido y tocino en la mesa grande, acompañada únicamente por su perro. Me dijo que me acercara y me sentara a su lado, y me fue dando trocitos de tocino igual que hacía con el perro. Aseguró que le recordaba a su hija pequeña, que ahora es reina en no sé qué país germano, y empezamos a

120

hablar de sus hijos. Me dijo que siempre intenta ser amable con ellos, pero que prefiere a su perro.

También hablamos de mí. Yo le conté cosas de Stonebridge y de Perkin —incluso ella opina que, para ser un cabrero, parece muy espabilado—, de Morwenna y de mi padre, y de la aburrida lista de tareas que he de hacer para ser la señora de un feudo: coser, bordar, cocinar, recetar remedios, peinarme, casarme y todo lo demás. Le confesé los sueños que había forjado sobre ella: ir a la corte juntas, donde viviríamos aventuras y haríamos todo lo que nos apeteciese.

—¡Aventuras! —exclamó—. Soy mujer y encima prima del rey. ¿De verdad crees que podría ser domadora de caballos o titiritera? Ni siquiera se me permitiría ser amiga de un cabrero. ¿Crees que mi vida es una aventura? Hay tareas mucho peores que la de bordar, Pajarillo. No obstante, querida —prosiguió—, a veces sí muevo mis alas, aunque elijo mis vuelos con cuidado. Cumplo con mis deberes, comprendo mis limitaciones, confío en Dios, y en unas pocas personas más, y aquí estoy. Sobrevivo y a veces incluso disfruto.

Entonces sonrió. Era una sonrisa adorable, excepto por el trozo de repollo que tenía pegado a sus dos únicos dientes.

—Tú —añadió— tienes que aprender cómo emplear tus alas, querida.

En ese momento, antes de que yo pudiera preguntarle a qué se refería, volvieron los asesinos de pájaros, se sentaron a cenar y ya no tuve tiempo para encandilar a la prima del rey.

24 DE FEBRERO

Festividad de san Matías, que predicó entre los caníbales

No he vuelto a ver a *madame* Joanna. He tenido que regresar a mi casa, en contra de mi voluntad, para celebrar el matrimonio del abominable Robert con la joven heredera de Foxbridge. Llevaban dos años prometidos y habían de casarse dentro de otros dos, cuando ella cumpla catorce. Robert había prometido no acostarse con ella hasta entonces, teniendo en cuenta su tierna edad, pero por lo que parece Robert prestó menos atención a dicho pacto que una vaca en misa. O bien la niña se ha atiborrado de pasteles o está esperando un hijo.

Su padre está tan furioso con ellos que no quiere celebrar la boda en Foxbridge, de modo que tendrán que casarse aquí. Mi padre, el tacaño, no quiere correr con los gastos de la boda, diciendo que es evidente que ya son marido y mujer, pero mi madre, disimuladamente, conseguirá que todo salga bien. Robert y su esposa tendrán una apresurada pero auténtica ceremonia nupcial. Nos comeremos toda la carne antes de que empiece la Cuaresma.

26 DE FEBRERO

Festividad de san Edilberto, rey inglés que se convirtió al cristianismo

Abajo todavía continúa el alboroto de la fiesta, pero yo ya he tenido suficiente diversión y me he escabullido a mi cámara para escribir los sucesos del día.

Amaneció gris y lluvioso, con una niebla que nos

humedecía las ropas y que hizo difícil encender las velas. Mal augurio para una boda. Vestimos a la novia con su mejor traje (Morwenna tuvo que aflojarle las costuras) y le pusimos un velo sujeto a su cabello con una diadema de oro.

Los músicos llegaron al alba, bostezando y rascándose; olían a vino agrio, porque habían estado bebiendo durante toda la noche. Y entre gaitas y orlos nos llevaron a la iglesia.

Robert y su prometida pronunciaron los votos en la puerta, antes de entrar a oír misa, una ceremonia larguísima que el cura recitó con voz monótona mientras las velas crepitaban y oscilaban. Sobre todo resonaban los ronquidos de los músicos. Yo creo que hasta Robert se quedó dormido, pero despertó sobresaltado con los codazos de mi padre.

He visto cómo la luz de la mañana se filtraba a través de las vidrieras de colores y producía reflejos rojos, verdes y amarillos en el suelo de piedra. Cuando era pequeña, siempre intentaba atrapar la luz de colores. Pensaba que podía cogerla con la mano y llevármela a casa. Ahora sé que es como la felicidad: está o no está, mas no se puede coger ni guardar.

Volvimos caminando a casa para la fiesta y en el trayecto lanzamos pétalos de rosa a la novia. Los músicos nos seguían tocando y haciendo el tonto. Gerd, el hijo del molinero, se cayó al río cuando lo cruzamos, pero Robert se metió a sacarlo, no fuera a estropearle el día de su boda.

En el salón, aunque oscuro y lleno de humo, reinaba un aire festivo. Las alfombras eran las del año pa-

123

sado, pero las acabábamos de rociar con menta y brezo. Nuestros mejores manteles de lino cubrían las mesas. Las antorchas llameaban en las argollas de hierro de las paredes y su luz se reflejaba en las copas de oro y plata, en los candelabros y las cucharas. Pocas veces había visto yo desplegar tanto lujo en mi casa, donde este tipo de objetos está guardado bajo llave, si no ha sido vendido ya.

Tras la comida, todos los hombres bailaron con la novia. A medida que avanzaba el día, a ella se la veía cada vez más pequeña y pálida, pero aguantó estoicamente que todos los invitados le pisaran diciendo que aquello era bailar.

Para la fiesta, a mí me emparejaron con un gigantón del Norte, feo y barbudo, al cual mi padre pretendía honrar porque su feudo linda con el de mi madre, y mi padre anda detrás de esas tierras. No alcanzo a comprender qué privilegio supone sentarse a mi lado y compartir mi cuenco y mi copa; a mí, desde luego, no me hizo ningún favor. Aquel hombre era un cerdo, con perdón para los cerdos. Se sonaba su narizota roja y brillante con el mantel, estornudaba encima de la carne, se hurgaba los dientes con el cuchillo y dejaba manchas grasientas cada vez que bebía de la copa que compartíamos. No fui capaz de posar mis labios en aquel borde grasiento, de modo que soporté toda la comida sin una gota de vino. Y lo peor de todo es que resultó ser casi un asesino. Los perros se habían escondido bajo la mesa buscando huesos y restos del festín de boda. Rosemary, la perrita más pequeña y mi favorita, después de Brutus, confundió su bota de piel con

124

un hueso y le dio un mordisquito. El muy cerdo lanzó un aullido y le dio una patada a la perra, que, naturalmente, se defendió a mordiscos. Entonces el barbudo cogió un cuchillo de la mesa e intentó atravesar a la perra como si fuera un trozo de carne. Menos mal que Robert le lanzó su copa de vino y le derribó el cuchillo.

—El perro pertenece a *lord* Rollo —gruñó—. No sois vos quien puede matarlo.

El cerdo barbudo se sentó, humillado ante nuestros invitados, pero siguió comiendo, bebiendo y sonriéndome con sus horribles dientes rotos y marrones llenos de trozos de carne. Creo que comió demasiado, porque soltaba más vientos que una tormenta; sonaba como una gaita abandonada bajo la lluvia y tocada por una cabra.

Lo peor es que ahora tengo que estar agradecida al abominable Robert. Al final le di las gracias, un gesto muy noble por mi parte, pensé. Él me dio un pellizco en el trasero y sonrió.

—Así que no soy tan malo como tú creías, ¿eh, hermanita?

—Ni siquiera la más vil de las bestias es totalmente mala —contesté.

Me sentí mejor. Ahora volvemos a estar como siempre: odiándonos.

27 DE FEBRERO
Martes de Carnaval y festividad de san Alnoth

Hoy mi padre me ha preguntado por el cerdo barbudo. Yo le he dicho que me provocaba tantas náuseas como la carne con gusanos y mi padre se ha echado a reír.

—Ya te gustará —ha añadido.

Esto no presagia nada bueno. El barbudo tiene un hijo, Stephen, del que habla con desprecio (le llama «damisela») porque el muchacho piensa, se baña y no se tira pedos en misa. Me temo que están planeando un compromiso entre Stephen y yo. No lo consentiré. No pienso formar parte de la familia de ese cerdo barbudo y tener que comer con él todos los días. Si mi padre no lo echa, lo haré yo, igual que me he librado de los otros.

28 DE FEBRERO
Miércoles de Ceniza

Primer día de Cuaresma. No somos más que polvo y en polvo nos convertiremos. He intentado estar meditabunda y decaída, pero lo he estropeado saltando en el patio después de comer por pura diversión. ¡Todavía no soy polvo!

El barbudo sigue con nosotros. Cuando le veo, le grito «¡eo!», como si estuviera llamando a un cerdo. Su cara se pone todavía más roja. Espero que estalle y podamos barrer sus despojos como hacemos con la porquería del suelo.

 arzo

1 DE MARZO

*San Dewi de Gales, que no bebía cerveza ni vino
sino tan sólo agua*

Robert ya está casado y dormirá con su esposa
—otra vez— en su propia mansión en Ashton; demasiado cerca de su suegro, según teme Robert. A mi madre y sus doncellas no les parecía prudente que la es-
cuálida y pálida esposa de Robert, con el embarazo ya
tan avanzado, vaya dando brincos y tumbos por esos
páramos, pero Robert sospecha que, con el enfado, su
suegro intentará arrebatarles el feudo prometido como
dote de su hija. De modo que ahí están, cruzando con
prisas media Bretaña bajo la lluvia.

Cuando yo me case, mi boda no será pobre y apresurada como la de Robert. Habrá sedas, música, luces
y muchos invitados importantes de tierras lejanas con
nombres exóticos. Me trenzaré el pelo con cintas de
seda y llevaré un vestido de seda color azafrán, con

una capa roja y unos zapatos de piel púrpura, bordados con hilos de oro y plata. Llevaré campanillas en el cinto y finas piezas de oro con forma de hojas y de flores. Mi prometido, con una capa de seda escarlata, vendrá a buscarme a casa de mi padre. Sus caballos, engalanados con flores y cintas trenzadas en las crines, llevarán las sillas cubiertas de seda. Los músicos, elegantes y bien calzados, nos conducirán a la iglesia tocando cítaras, flautas de plata, panderetas, címbalos y liras. Sonará como la risa de los ángeles.

2 DE MARZO

Festividad de san Chad, cuyas cenizas, metidas en agua, curan a los hombres y las vacas de sus enfermedades y les devuelven la salud

El tiempo es cada vez más cálido y las pulgas han venido a visitarnos. Esta mañana he recogido hojas de aliso, cubiertas de rocío, y las he diseminado por mi aposento para alejar a estos soldados negros. Tengo cuarenta y tres picaduras, sólo veintisiete en sitios en que puedo rascarme con facilidad.

3 DE MARZO

Festividad de santa Cunegunda, esposa del emperador Enrique I, que, según el librito de santos, abofeteó una vez a su sobrina por su frivolidad, y la marca de sus dedos quedó en su rostro hasta que murió (menos mal que en esta casa no hay ningún santo, porque si no yo estaría marcada como un caballo viejo, sobre todo en las mejillas y las nalgas)

Mi padre no ha vuelto a hablar del barbudo. Tal vez

sus planes se han desbaratado una vez más y ha pasado el peligro.

4 DE MARZO
Festividad de san Adrián mártir

Esta mañana hemos oído misa; bueno, no hemos oído nada, porque la lluvia martilleaba el tejado de la iglesia y resonaba como los tambores de una procesión. La iglesia estaba muy rara; en Cuaresma la dejan desnuda. El padre Huw vestía una sencilla túnica, sin hilos de oro ni plata. Habían cubierto con velos la cruz y las imágenes. No había flores ni música. Es para que nos sintamos tristes, pero a mí simplemente me aburre.

Edward nos ha enviado tres libros sagrados para que los vayamos leyendo cada noche durante la Cuaresma y adoptemos un estado de ánimo de arrepentimiento y santidad. Yo estaba muy ilusionada, pensando que serían como el librito de santos del abad. Pero William Steward ha empezado a leer el primero esta noche con voz monótona y confundiéndose todo el rato con el latín, y resulta que no es nada divertido ni tiene dibujos. Es de san Jerónimo. Espero que sea corto.

6 DE MARZO
Festividad de san Conón mártir, que protege los regadíos

He estado recogiendo violetas para hacer aceite contra los ataques de melancolía. Desde que cumplí trece años el año pasado, he utilizado una enorme cantidad de aceite de violetas.

7 DE MARZO

Festividad de santa Perpetua, que se convirtió en hombre y pisoteó la cabeza del Diablo

Odio la Cuaresma y eso que sólo han pasado siete días.

8 DE MARZO

San Duthac, que tenía el don de curar el malestar provocado por el exceso de cerveza

Thomas de Wallingham y su familia, que van a Londres para pasar la Pascua, se han detenido aquí a descansar. Su hija es muy modosa y corta de luces. Normalmente, no le habría hecho ni caso, pero la Cuaresma es tan aburrida que incluso Agnes me parece divertida.

Con sus ojillos negros y su nariz respingona, Agnes, sentada en el borde de mi cama, parecía una comadreja vestida de azul. Pero para salir de la monotonía de la Cuaresma, he intentado conversar con ella.

No quiere cotillear porque es ofender a los demás.

No quiere contar historias porque la fantasía es peligrosa.

No quiere bailar porque es demasiado frívolo.

—Entonces —le he dicho—, vamos a ver cómo John Swann descarga barriles en la taberna.

—¿Por qué? —me ha preguntado.

—Porque es apuesto como el verano, sus brazos son fuertes como los de un caballo y con la lluvia se le pega la camisa al pecho.

—La belleza de los hombres y las mujeres es una argucia del Diablo —me ha soltado, frunciendo la bo-

130

ca como un pez—, un engaño y una trampa para los inocentes.

¿Inocente yo? Para mí eso era un insulto. ¡Yo, que he visto un ahorcamiento, que he espiado al joven Fulk en la letrina, que he visto a mis pájaros en la estación de apareamiento y a las cabras de Perkin!

Cuando llegué a lo de las cabras, Agnes se tapó las orejas y salió corriendo y chillando de mi cámara. Echo de menos a Aelis.

9 DE MARZO

Festividad de san Bosa, monje de Whitby, obispo de York y antepasado de Elfa, la lavandera

Agnes de Wallingham ronca cuando duerme, igual que una comadreja. Se envuelve en las mantas, pero tiene los pies fríos, y las rodillas y tobillos puntiagudos. No se marcha hasta mañana.

Hoy ha estado lloviendo todo el día, así que no he podido escaparme. He pasado la tarde en la cocina, con el cocinero Cuthman, que estaba cortando anguilas para hacer pasteles. Me ha contado que una vez sedujo a la hija del molinero y tuvo que esconderse en un barril de harina; el molinero le siguió hasta su casa guiándose por sus huellas de harina. Yo estaba tronchándome de risa con la historia cuando se abrió la cortina y apareció allí la Comadreja; me había olisqueado.

—Vuestras risas ofenden los oídos educados —dijo—. Todo el mundo admira a la mujer silenciosa frente a la ruidosa.

—También se dice que la lengua de una mujer es su espada —repliqué—, y hay que mantenerla afilada.

—Pues yo creo que las doncellas deben ser sumisas, obedientes y discretas —dijo Agnes.

—Doncella o casada, la fuerza de la mujer reside en sus palabras —repuse yo.

Agnes me miró fijamente.

—Una lengua es suficiente para dos mujeres.

No tenía ganas de seguir discutiendo con argumentos, así que le di un empujón y ella se cayó sobre el pastel de anguila. ¿Acaso es culpa mía que no tenga equilibrio? Pues me han mandado a mi aposento. Al menos no tendré que verla en la cena.

Mientras Morwenna me sacaba de allí cogida de la oreja, la Comadreja resopló y dijo:

—La violencia, Catherine, os sienta tan mal como el vestido que lleváis.

Y luego se puso a discutir con el cocinero sobre el pastel. ¡Por los pulgares de Cristo, esa mujer discutiría incluso con el aire!

10 DE MARZO

Festividad de los cuarenta santos mártires, soldados a los que condenaron a pasar la noche en un lago helado

Thomas de Wallingham y su familia reanudaron hoy su viaje hacia Londres. Creo que Agnes es más triste que la Cuaresma.

11 DE MARZO

San Oengus, un obispo irlandés que se pasaba el día arrodillándose y recitando los salmos metido en agua fría

Durante la misa hoy he estado pensando en lugar

132

de escuchar el sermón, pero he reflexionado sobre temas bíblicos, así que confío en que Dios no se haya ofendido. Me pregunté primero por qué, cuando Lázaro resucitó, la gente no le preguntó por el cielo y el infierno y lo que era estar muerto. ¿Es que no tenían curiosidad? Aquélla podía haber sido nuestra oportunidad de saber esas cosas sin tener que morirnos.

Luego me pregunté por qué Jesús utilizó sus poderes milagrosos para curar leprosos, en lugar de crear una hierba o una flor que los sanara y que así pudiéramos seguir recetándola incluso ahora que Jesús está en el cielo. Cuando vamos de viaje, odio oír la campanilla de un leproso que se esconde entre los árboles hasta que pasamos. Ya sé que los curas dicen que los leprosos están pagando sus pecados, pero yo conozco a muchísimos pecadores que todavía conservan sus dedos y sus narices.

Y también me pregunté cuánto tiempo tardaría Noé en reunir una pareja de todos los animales. Llovía a mares y la familia de Noé llevaba osos, perros y caballos a bordo del Arca, mientras el viejo Noé andaba recogiendo moscas y mosquitos en el jardín y escarbando en busca de gusanos y escarabajos peloteros. ¿Por qué se molestó tanto? ¿Le preocupaba no haberlos reunido a todos? ¿Existiría alguna criatura asquerosa y viscosa que Noé nunca encontró y que por tanto nosotros no hemos conocido?

13 DE MARZO

Festividad de san Mochoemoc, llamado también Mo-Camhog, Kennoch, Kevoca, Pulcherius y Vulca-

no, un abad que podía devolver la vida a los muertos

He estado dos días encerrada en mi cámara por una de mis ocurrencias. ¿No es cierto que en estos días espantosos y mortalmente aburridos de la Cuaresma nuestras diversiones han de ser sencillas y discretas? Pues yo decidí organizar un torneo para ver quién podía escupir más lejos: Rhys, el de los establos, Gerd, el hijo del molinero, William, el hijo pequeño de William Steward, o yo (no voy a quedar excluida por ser una chica). Ganó Rhys, que, como perdió los dientes delanteros en una pelea de taberna con John Swann, escupe entre ellos a gran distancia y con precisión mortal.

Pero yo no podía prever que las doncellas de mi madre pasaran por allí en ese momento, ni que les fuera a molestar tanto recibir unos escupitajos.

A mí me mandaron a mi aposento sin cenar, aunque antes de marcharme declaré:

—No recuerdo que Nuestro Señor condenara a nadie por escupir. Nunca dijo que escupir fuera pecado mortal, como el orgullo, la gula o la avaricia —y aquí miré intencionadamente a mi padre—. De hecho —proseguí—, ¿no escupió el mismísimo Señor sobre el barro para curar a un hombre ciego?

A mí me pareció un argumento elocuente, pero sólo conseguí un día más de castigo en mi cámara. Y sin tinta.

14 DE MARZO

Festividad de santa Matilde, reina célebre por su generosidad

134

Ha llegado un muchacho nuevo para entrar al servicio de mi padre. No entiendo cómo alguien puede confiar a su hijo a los cuidados de mi padre. Parece tener mi edad y de lejos es bastante apuesto. Preguntaré su nombre.

15 DE MARZO
Festividad de san Longino, el soldado que atravesó con su lanza el costado de Cristo, cuya sangre le curó de su ceguera, así que se hizo cristiano y monje; al final le sacaron los dientes, le cortaron la lengua y se murió (mi tío George vio una vez su lanza en una iglesia de Antioquía)

¡Geoffrey! ¡Geoffrey! ¡Geoffrey!

16 DE MARZO
Día de san Fintano, abad irlandés

Ayer intenté escribir sobre Geoffrey, pero desfallecía y perdía el control de mis manos. No sólo es apuesto como un ángel, con el pelo dorado y los ojos azules, sino que su costumbre de morderse el labio inferior me inspira deseos de suspirar. En la comida, mientras servía a mi padre, me quedé mirándolo descaradamente, pero él sólo miraba el suelo. Trataré de llevar siempre mis mejores zapatos.

17 DE MARZO
Festividad de san Patricio, que evangelizó Irlanda, y de santa Gertrudis, que nos protege de las ratas

Hoy ha llegado un pariente de mi madre para celebrar la Semana Santa. Lo llaman William el Raro para distinguirlo de William Steward y del hermano William, de la abadía. Está escribiendo una historia del mundo en galés, pero al menos lleva catorce años haciéndolo, desde que yo lo conozco, y mientras va alojándose con un familiar u otro a lo largo y ancho de Inglaterra. Es una persona gris: su pelo es gris, sus ojos son grises y viste de gris. Le acogimos el verano pasado y esta vez aspira a quedarse hasta Navidad.

Al menos no duerme en mi cámara, sino en el salón, donde hace más calor y le gusta escribir, de espaldas al fuego. Por ese motivo lleva la ropa con agujeros de quemaduras por la espalda, como la cara de Sym, que pasó el tifus. Mi madre finge amablemente que se trata de un gran hombre. Los demás ni le miramos a la cara y muchas veces hasta tropezamos con él como si fuera un obstáculo invisible.

18 DE MARZO

Festividad de san Eduardo, rey de Inglaterra, asesinado por su malvada madrastra, que era muy hermosa y se metió monja

Todavía es Cuaresma. Nada de fiestas, ni ferias, ni trovadores. Nada de crema de almendras, ni asados de carne. Nada de canciones, ni bailes. Sólo comemos pescado, escuchamos la vida de san Jerónimo y estamos tristes. He escrito una canción de Cuaresma:

«La triste Cuaresma tenemos aquí.
La iglesia, el salón, todo está gris.
Y yo sólo puedo cantar así.

Cuarenta días tristes y oscuros
para ser un poco más puros,
por el dolor que Jesús tuvo.

Nuestro Señor murió en la cruz,
pero su Resurrección nos traerá la luz
y canciones alegres entonarás tú.

Con la Pascua la Cuaresma termina,
acaba el negro y vuelve la vida.
¡Mostraremos entonces nuestra alegría!»

Quería terminar con la palabra «esperanza», pero
no se me ocurre nada que rime, salvo *lanza, panza* o
pitanza, y ninguna encaja en mi canción. Creo que la
Cuaresma implica esperanza. Por muy mal que nos
sintamos por la muerte de Jesús o por muy hartos que
estemos de pescado, siempre llega el Domingo de Resurrección. Sólo hemos de tener fe y esperar.

En el granero hay gatitos recién nacidos.

19 DE MARZO

*Festividad de san José, padre adoptivo de Jesús,
esposo de María, patrón de los carpinteros y los padres*

Esta noche un mensajero ha venido a ver al bestia
de mi padre de parte de Murgaw, señor de Lithgow, el
cerdo barbudo del banquete. Mi padre no me ha dicho
nada aún, pero me temo que es una petición de matrimonio para entregarme a su hijo. Me niego. ¡Por los
pulgares de Cristo! ¿Es que nunca acabará esta proce-

sión de pretendientes impresentables? Tal vez debiera pedir a Thomas, el carpintero, que me ayude a construir una trampilla en el suelo del salón para poder tirarlos al río a medida que van llegando.

20 DE MARZO
San Cutberto, cuyo cuerpo permanece incorrupto

El barbudo no quería casarme con su hijo. ¡Es él mismo el que desea tomarme por esposa! ¡Qué broma más repelente! ¡Ese asesino de perros cuyo aliento hiede como la boca del infierno, que se tira pedos como quien canta una canción, que ataca a los animales indefensos con cuchillos, que es viejo y feo!...

Mi padre me ha llamado a la cámara principal esta mañana. Estaba sonriendo. Mala señal para mí.

—Mi amada hija —ha dicho.

Problemas, seguro.

—¿Quién? —pregunté yo—. Soy vuestra hija, que Dios me ayude, pero no amada. Así pues, ¿a quién os dirigís?

Como mi padre seguía sonriendo, comprendí que el asunto era grave de verdad.

—Futura señora de Lithgow —dijo—, vuestro prometido os espera y ninguno de vuestros trucos os servirá esta vez.

Con estas palabras y un azote en las nalgas volví a estar en el salón, traicionada y prometida. *Lady* Barbuda. ¡Que Dios me ayude!

He de trazar un plan, porque naturalmente no pienso casarme con ese cerdo. ¡Dios Santo! No soporto ni imaginármelo. ¿De verdad serán capaces de entregarme a ese viejo odioso? No puedo creerlo. Pensaré algo. Por fortuna tengo experiencia en burlar pretendientes.

21 DE MARZO
Conmemoración de los santos mártires de Alejandría, asesinados por una turba de infieles furiosos

Mi madre me ha soltado un sermón sobre los deberes de una hija. Ella cree que es mi deber casarme cuando a mi padre se le antoje. No siente mucho aprecio por Murgaw, el barbudo, pero parece impresionada por su título, sus riquezas y sus tierras, de modo que no será mi aliada en contra de mi padre. Por lo menos ha pedido que aplacemos el tema hasta que termine la Cuaresma.

Parece que haga una eternidad desde que escribí la canción de Cuaresma hablando de esperanza y de la alegría del Domingo de Resurrección. Ojalá no se acabara nunca la Cuaresma.

22 DE MARZO
Festividad de santa Darerca, hermana de san Patricio y madre de quince hijos, diez de ellos obispos

Esta mañana me sentía tan mal que se me metió en la cabeza escaparme. Acepto que no pueda ser monje —mis pechos son demasiado grandes—, ni cruzado —mi estómago es demasiado débil—, pero debe de haber algo que pueda hacer, ¿no?

Fui corriendo a los prados a ver a Perkin para que me ayudase a aclararme. Y le dije:

—Perkin, he de escapar o seré *lady* Barbuda hasta

que muera. Estoy pensando en huir y convertirme en titiritera.

Perkin me contestó:

—Si se te enredan los hilos al coser y al bordar, se te enredarán los hilos de las marionetas. No puedes ser titiritera.

—Pues juglaresa —repliqué yo.

Perkin me contestó:

—¿Recuerdas el monje que intentó escapar del terrible rey Juan disfrazándose de juglar aunque no sabía cantar, y que así lo descubrieron y lo colgaron por los pulgares hasta que se le pusieron tan largos como las orejas de una mula? Cuando tú cantas, parece que alguien le hubiera pisado la cola a una cabra. No puedes ser juglaresa.

—Me dedicaré a quitar verrugas con mis remedios.

Perkin me contestó:

—Primero tendríais que descubrir el remedio.

Lo intentamos con la verruga de su brazo. Definitivamente, no sirvo.

—Podría enseñar a hablar a los pájaros —dije.

—La mayoría de las personas —replicó él— opina que ya hay demasiados charlatanes en el mundo. No vas a enseñar a hablar a los pájaros también.

—Podría vender cosas de feria en feria —sugerí.

—¿Qué cosas?

—Cintas.

—¿De dónde las sacaríais?

—Salchichas.

—¿Quién las haría?

—Mi ropa vieja.

—¿Quién la querría?

Le di un pellizco y regresé a casa. ¡Por los pulgares de Cristo! A veces Perkin es tan sensato que me revuelve el estómago.

23 DE MARZO

San Gwinear, quien sintió sed cuando estaba de caza, golpeó el suelo con su bastón y brotaron tres fuentes, una para él, otra para su caballo y otra para su perro (los irlandeses siempre han sabido cuidar bien de sus animales)

Mi padre me ha dicho esta mañana:

—Las hijas y el pescado se estropean fácilmente y es mejor no guardarlos demasiado tiempo. Vos, *lady* Pajarillo, os casaréis. Si este pretendiente es lo bastante terco como para vencer vuestra obstinación, será vuestro esposo. Y si no, encontraré a otro, tal vez incluso peor que éste. Acéptalo.

¿Estoy condenada al matrimonio? Si he de casarme, prefiero que sea con alguien joven y apuesto como Geoffrey.

24 DE MARZO

Festividad de santa Hildelith, princesa sajona y abadesa de Barking

Aunque es Cuaresma me las he ingeniado para jugar a «chilla, cerdo, chilla» después de comer. Quería encontrarme con Geoffrey a solas, pero tropecé con Walter Rufus, que me sonreía y me lanzaba ruidosos besos. ¡Por los pulgares de Cristo!, esto del matrimonio es muy complicado.

25 DE MARZO

Festividad de la Anunciación de Nuestra Señora y primer día del año nuevo

Estamos en 1291. Ruego que el año nuevo nos traiga alegría y salud, que George vuelva para Pascua y Robert no, y que Dios me ayude en este asunto del matrimonio.

26 DE MARZO

Festividad de san Ludgero, obispo denunciado por su excesiva caridad

He permanecido despierta toda la noche escuchando la lectura del libro sagrado, porque hemos leído las formas en que los mártires murieron por la gloria de Dios: descuartizados, hervidos vivos, despellejados, devorados por los leones o desgarrados con ganchos. Hasta el día del Juicio Final, cuando los muertos recuperen su cuerpo, el cielo debe de parecerse a la puerta de la abadía, donde se reúnen los lisiados, enfermos y tullidos a pedir limosna. Morwenna dice que como no mejore mi comportamiento, nunca lo sabré.

27 DE MARZO

Festividad de san Ruperto, obispo que propagó maravillosamente el Evangelio

Llovía tanto hoy que nos hemos quedado todo el día sentados junto al fuego contando historias. William Steward contó una de una doncella de piel tostada que se enamoró de un forajido y le siguió hasta los bosques para compartir con él su vida al margen de la ley. Lloré tanto que hube de secarme las lágrimas con el mantel de la mesa porque tenía las mangas empapadas. Conozco esos sentimientos de abnegado amor y la necesidad desesperada de ser libre.

Vi a Geoffrey cerca de la puerta del establo, con la cara llena de lágrimas, y supe que se sentía como yo. Acaso podríamos hacer igual que la doncella de piel tostada y el forajido, y vivir en el bosque, durmiendo abrazados bajo las estrellas. ¿Me seguiría Geoffrey al bosque? Si al menos me mirase, podría leer la respuesta en sus ojos. Pero como no lo hace, será menester preguntárselo.

28 DE MARZO

Festividad de santa Alkelda de Giggleswick, una princesa sajona

William el Raro dice que santa Alkelda murió estrangulada por las mujeres vikingas.

29 DE MARZO

Festividad de los santos Gwynllyw y Gwladys, que se bañaban en el río Usk en invierno y en verano completamente desnudos, hasta que su hijo, san Cadoc, se lo prohibió

Llueve otra vez. Me he pasado la mañana en mi cámara escribiendo una nueva canción:

«Todos tenemos dos ojos, lo sé,
grandes o pequeños pueden ser,
y de muchos colores:
negros, grises o marrones,
o azules como el cielo también.

144

¿Por qué algunos ojos llamean
y dan luz en la oscuridad que los rodea?
¿Por qué algunos ojos hablan,
y sin palabras traspasan
nuestras secretas ilusiones?

¿Por qué ante algunos ojos quiero brillar,
ser más dulce, sincera y amable,
lo mejor que pueda dar,
si para esos ojos que deseo
ni siquiera soy palpable?»

30 DE MARZO

Festividad de san Zósimo de Siracusa, que es el último santo en mi librito de santos (por la «z»)

En cuanto consigan madera y paja para hacerse una casa y el padre de Meg, la de la vaquería, les entregue tres cerdos como dote, el hijo mayor de Thomas Baker se casará con ella. Lleva tres años detrás de ella, desde que ambos contaban doce y perseguían juntos pájaros por los campos. Ahora por fin ella le corresponde. Sus padres respectivos, tras discutir y regatear, se pusieron de acuerdo, de modo que está decidido. Los dos son muy felices y sueltan risitas cada vez que se cruzan por la calle. ¿Por qué los villanos pueden decidir con quién casarse y yo no? Ojalá fuera una aldeana.

31 DE MARZO

Festividad de santa Balbina, virgen romana enterrada en la vía Apia

Estoy aturdida. ¿Qué puedo hacer? ¿Meter en un hatillo lo que necesito para vivir en el bosque con Geoffrey y huir? ¿Negarme a comer hasta que el barbudo renuncie a mí? ¡Necesito un plan! Sólo quedan dos semanas de Cuaresma.

Abril

1 DE ABRIL

Día de los locos y festividad de san Walerico y santa Teodora

Después de misa mandé a Tom, el mozo de cocina, a por leche de paloma y pedí a William Steward pintura a rayas. Ellos se limitaron a gruñir. Luego le dije a Morwenna que me ayudara a recoger dientes de gallina, pero ella replicó que todos los años le pido lo mismo el día de los locos y que ella nunca ha caído en el engaño. Pasé el resto del día de mal humor en el granero. Los gatitos han crecido.

2 DE ABRIL

Festividad de santa María Egipcíaca, una ermitaña que se alimentaba de bayas y dátiles y que fue enterrada por un león

Podría convertirme en ermitaña. Me pregunto qué hacen los ermitaños.

3 DE ABRIL

Festividad de san Pancracio de Taormina, lapidado por los bandidos

Morwenna ha comenzado una cruzada para asearme. Hoy no he podido salir hasta haberme cepillado el pelo ochenta veces. Cuando terminé, fingí ir a la cámara principal a ver a mi madre, pero me escondí en el pasillo, en una esquina desde la que podía ver a Geoffrey preparando la mesa y los bancos para la comida. Pienso espiarle cada día hasta saber lo que hay oculto en su corazón, o al menos hasta averiguar si estaría dispuesto a huir conmigo al bosque.

4 DE ABRIL

Festividad de san Isidoro de Sevilla, obispo, doctor de la Iglesia y escritor de libros

Un desdichado descubrimiento: Geoffrey parece un erizo cuando frunce el ceño. Acaso con el tiempo se le corrija este vicio.

5 DE ABRIL

Festividad de san Derfel, soldado y monje

Estoy agotada de tanto seguir a Geoffrey: del salón al patio, a la aldea, a los establos, al salón... Encima, para que no me vean, en lugar de caminar en línea recta, voy dando rodeos: de aquí a los establos por detrás de las pocilgas, rodeando el palomar, cruzando el montón de estiércol y por la letrina.

He averiguado que se le dan bien los juegos y la espada, es sumiso y callado cuando sirve a mi padre y monta mejor a caballo que los otros mozos. Es vanidoso, porque intenta que su ropa esté limpia y sin arrugas, pero no sabe leer y no desea aprender. Es educado con los mayores pero no tan amable con los pequeños. No es exactamente como el Geoffrey de mis sueños.

6 DE ABRIL

Festividad de san Brychan, que tuvo sesenta y tres hijos

Hoy no he podido seguir a Geoffrey hasta casi la hora de la cena, porque esta mañana Morwenna me atrapó y me obligó a bordar un montón de sábanas; creo que me ha hecho recuperar el tiempo que he estado sin coser. ¡Válgame Dios! Casi me quedo sin dedos. Finalmente terminé y me escapé al patio, donde Geoffrey y otros muchachos estaban practicando lucha. Geoffrey se había quitado la túnica y la camisa para no ensuciárselas y daba gusto verle. Luego todos fueron a lavarse a la alberca del molino. Geoffrey, con quien estaba dispuesta a compartir mi vida, mi amor y mi libertad, cojeaba imitando a Perkin mientras los otros se reían.

Me puse tan furiosa que me acerqué a él y por primera vez le miré a los ojos. ¡Por los pulgares de Cristo, se parecía a mi hermano Robert! De un empujón mandé a Geoffrey con su preciada ropa a la alberca. Espero que esta noche, cuando se quite los calzones, se encuentre un pez muerto dentro.

7 DE ABRIL

Festividad de san Goran, un ermitaño que vivió en una cueva de Cornwall que debía de ser tan fría y hú-

meda que sólo un santo, un duende o un gigante po-
dría haber vivido en ella

Estoy de mal humor. Mis ilusiones sobre Geoffrey
se han ido al traste, adiós a mis sueños de vivir en el
bosque, a mí me espera el barbudo. Quizá ya me ha olvidado y se dedica a torturar a otra doncella con sus
pretensiones. Si no, juro que encontraré la forma de librarme de él. No seré *lady* Barbuda.

Por ahora no puedo pensar más en esto. Esta Semana Santa estaremos ocupadísimos rezando, ayu-
nando, llorando y leyendo libros sagrados.

¡Dios Santo! Detesto mi vida.

8 DE ABRIL
Domingo de Ramos, la entrada de Jesús en Jeru-
salén

Hoy, antes del amanecer, los jóvenes de la aldea han
salido a recoger ramas de sauce para la iglesia. La mayoría llevaba más hierbajos entre el pelo y la ropa que
en la cesta. Preveo una gran cosecha de bebés la próxima Navidad.

9 DE ABRIL
Festividad de santa Madrun, hija de Vortimer, gran
rey de los bretones

Ahora vamos a misa todos los días y además oímos
dos lecturas del libro sagrado. Hoy, entre una y otra
obligación, robé pan y queso de la cocina y salí fuera.
No podía dejar pasar el primer día cálido de esta primavera sin bailar en la pradera.

10 DE ABRIL
Martes Santo y conmemoración de la muerte de Hedda de Peterborough, asesinada por los salvajes daneses que mataron al rey Edmundo

Al meterme en la cama anoche advertí que Wat estaba arreglando las teas. Esta mañana, aunque me desperté antes del amanecer, ya habían limpiado la chimenea, habían retirado las cenizas y un nuevo fuego crepitaba alegremente. Se me ocurrió que quizá Wat se había pasado gran parte de la noche trabajando; nunca se me había ocurrido antes. ¿Cuándo disfruta Wat del calor de su lecho?

11 DE ABRIL
Miércoles Santo y festividad de san Guthlac, ermitaño de Crowland tentado por los demonios

Hemos recibido un mensaje de mi tío George. Viene de visita después de Pascua. Ahora tengo dos preocupaciones: esta broma de mal gusto que es mi compromiso con el barbudo y mi tío George. ¿Seguirá bebiendo tanto? ¿Seguirá abatido? ¿Habré arruinado su vida por culpa de mi maldición? ¿Necesitaré prepararme más remedios contra el sentimiento de culpa?

12 DE ABRIL
Jueves Santo y festividad de san Zenón de Verona, a quien le gustaba pescar

Hoy hemos empezado a leer la pasión y muerte de Nuestro Señor. Esta vez no me he quedado dormida, porque realmente veía el desarrollo de esta historia trágica y triste en mi mente, como una obra de teatro. Me imagino a Jesús como mi tío George, y a mi madre como su Santa Madre. El malvado Judas me recuerda al molinero, flaco, gruñón y vil. Herodes es mi padre y Poncio Pilato es como *sir* Lack-Wit, que fue mi pretendiente. Los apóstoles son como los aldeanos, excepto san Pedro, que es Morwenna con una túnica. San Pedro parece muy humano, no como los otros santos. Yo creo que es mi favorito, aunque san Juan es tan hermoso como el verano... o como Geoffrey.

13 DE ABRIL

Viernes Santo y festividad de san Carpo, san Pápilo, su hermana santa Agatónica y san Agatodoro, a los que despellejaron y quemaron en la hoguera

Este día sagrado y triste lo hemos pasado en la iglesia, reviviendo la muerte de Nuestro Señor. Yo llevaba mi segundo mejor manto, para no estropear el mejor al arrastrarme por el suelo hacia el altar. No sé si he hecho bien, pero no creo que Dios desee que arruine el único manto bueno que tengo. Yo creo que a Él le gusta que vista bien cuando voy a misa.

14 DE ABRIL

Sábado Santo y festividad de san Caradoc, un músico galés que perdió los galgos de su príncipe y por eso se hizo monje

Mi madre no ha venido con nosotros a la procesión del féretro de Nuestro Señor. Sufría un fuerte dolor de cabeza y está muy pesada por el bebé que espera, así que se ha quedado en el lecho con un tónico que le he preparado de manzanilla y miel. Su dolor me duele.

15 DE ABRIL

Domingo de Resurrección y festividad de san Ruadhan, un abad irlandés que se enzarzó en un duelo de maldiciones con los gobernantes paganos de Tara y ganó

¡Cristo ha resucitado! Hoy me he levantado al amanecer para ver al Sol danzar de alegría, como dicen que hace este día. Pero estaba lloviendo, como todos los días de Pascua.

La casa está llena de invitados que celebran con nosotros esta fiesta. La mayoría duerme en mi aposento y en mi cama. A veces sueño que estoy en el lecho y estiro los brazos y los pies todo lo que puedo, ¡y no toco a nadie! Y que puedo levantarme y bailar por mi cámara sin tropezar con ninguna otra persona. ¡Qué lujo! Si yo fuera rey, tendría una habitación en mi palacio sólo para mí, donde pudiera meterme y estar sola.

16 DE ABRIL

Festividad de san Magnus, antiguo pirata vikingo

Hoy mi familia se ha enfrentado a los villanos en una batalla simulada en el estanque. Los barcos de madera, tallados a mano, se hundieron, pero por suerte nadie se ahogó. Hacía sol y extendieron los mantos de lana, las túnicas y los calzones en los árboles, sobre la hierba, encima de los hornos, en el palomar y aquí en el patio. Mientras se secaban, sus dueños correteaban por ahí medio desnudos y blancos como gallinas desplumadas, rezando para que el Sol no dejase de brillar.

Yo estoy demasiado distraída con el asunto del bar-

153

budo para disfrutar de esta semana de Pascua. La Cuaresma se ha acabado y no tengo ningún plan.

17 DE ABRIL

Festividad de san Donan y sus cincuenta y dos compañeros, asesinados por los vikingos

Esta tarde ha llegado un mensajero del barbudo. Ahora está con mi padre, negociando mi venta. He estado escuchando sus discusiones hasta que Morwenna me ha encontrado y me ha arrastrado de la oreja a la sala de costura. Lo que oí fue algo así: primero, ruido de pasos nerviosos; luego, un golpe de espada y el carraspeo de una garganta.

Por fin, distinguí una voz desconocida y chillona:

—*Lord* Murgaw de Lithgow, barón de Selkirk, señor de Smithburn, Random y Fleece, brinda sus saludos al señor Rollo de Stonebridge y desea honrarle desposando a su hija, *lady* Catherine.

—Muy al contrario —replicó mi padre con voz grave y tan melosa como el bacalao con mantequilla—. Mi hija, *lady* Catherine, mi orgullo y mi alegría, honrará al hombre que se case con ella, no al revés.

—Naturalmente, *lord* Rollo. Reconociendo esto, el gran *lord* Murgaw de Lithgow, barón de Selkirk, señor de Smithburn, Random y Fleece, renunciaría a ciertas demandas razonables y me ruega que solicite como única dote el feudo de vuestra esposa en Greenwood, que se alza próximo al suyo, cuatrocientas monedas de plata, seis bueyes...

¡Por los pulgares de Cristo, yo valgo por lo menos siete bueyes!

154

Mi padre soltó un alarido (seguro que se puso morado).

—¡Dote! ¿Quiere que le pague la dote? ¿Que le pague a ese cerdo por casarse con mi joya, mi tesoro, mi ángel, mi única hija? ¡Fuera de aquí! ¡Fuera!

«Ajá», pensé. «¡Por fin! La codicia de mi padre me ha salvado de la bestia y del matrimonio. Un pretendiente menos.»

Pero entonces el mensajero prosiguió:

—*Lord* Rollo, el gran *lord* Murgaw, que entiende vuestro amor y celo por la doncella, estaría dispuesto a aceptar sólo cuatro bueyes...

Aquí fue donde Morwenna me encontró. No sé si han echado al mensajero o si mi padre se ha ahogado con todas las mentiras que dice. Si el barbudo está tan decidido a hacerme suya, se olvidará incluso de los bueyes, pero no importa. Nunca consentiré ese matrimonio e ignoraré todo el asunto. Espero que el cerdo muera o se enamore de otra o se canse de mí.

18 DE ABRIL

Festividad de san Laserian, un monje irlandés que sufrió treinta enfermedades a la vez como penitencia por sus pecados

Prosiguen las negociaciones. Por lo que he podido oír, ya se han olvidado de los bueyes y ahora discuten por mi ajuar. A mí nadie me consulta y no han advertido mi indiferencia.

19 DE ABRIL

Festividad de san Elfego, obispo de Canterbury, asesinado por los vikingos con los huesos de un buey

Más discusiones. Cualquiera diría que mi padre y el mensajero del horrendo barbudo están pactando la paz con los turcos o preparando la invasión de Francia, en lugar de organizar un insignificante matrimonio.

En medio de tanta charla, ha llegado mi tío George con su nueva esposa, mi tía Ethelfritha, que está llena de arrugas y grietas, como un cuenco viejo. Lleva el gorro de paja de su abuelo y las faldas arremangadas. Se sienta junto a George, cabalga a su lado y duerme en su lecho. Me revuelve las tripas verlos juntos.

De no ser por eso, creo que podría llegar a quererla. Se ríe más alto que George, bebe más que mi padre, cocina mejor que nuestro cocinero e incluso se ha impuesto a Morwenna. Cada vez que ve algo hermoso, triste o alegre, llora. Y no come carne ni pescado, porque no quiere causar dolor a ninguna criatura. Según dice, su difunto esposo le habla; por ejemplo, le dice dónde dejó el sombrero de paja o cuándo comprar nabos. Cuando sea vieja, me gustaría ser como ella.

20 DE ABRIL

Festividad de san Ceadwalla, rey de Wessex, que fue bautizado como cristiano y murió inmediatamente después

George me ha contado la historia de dos gatos que se pelearon con tanta fiereza que se devoraron mutuamente, hasta que de ellos no quedaron más que las colas. Me complace que todavía me gaste bromas, porque está muy cambiado, más viejo, melancólico y silencioso. Después de la cena le observé dormir junto al fuego. Tenía en los brazos uno de los perros que nos trajo Aelis, hace ya tanto tiempo. He descubierto que no me interesan los hechizos, ni meterme en la vida de otras personas, ni sentirme responsable de sus cambios. Me voy a la cama.

21 DE ABRIL

Festividad de san Maelrubba, evangelizador de los pictos

Esta mañana he observado a los aldeanos sembrar los campos. Parecían bailarines, balanceándose de derecha a izquierda mientras echaban las semillas, seguidos por los niños, que espantaban con palos y piedras a los pájaros. Comprendo que es necesario espantar a las aves para que no se coman las semillas y nos dejen sin avena o cebada este año, pero me da pena que los pájaros pasen hambre, así que me dediqué a arrojar piedras y palos a los niños.

Prosiguen las conversaciones sobre mi matrimonio. ¿De qué estarán hablando? No pienso casarme con él, así que no les servirá de nada.

22 DE ABRIL

Festividad de san Teodoro, que vivió en una jaula de hierro y se hizo amigo de los lobos y los osos

Mi tía Ethelfritha se comporta de una forma muy rara. George dice que una vez, hace mucho tiempo, le cayó un rayo y la dejó aturdida para siempre. Ayer se sentó a los pies de mi madre; tocaba un laúd imaginario y cantaba canciones en un idioma inventado. Hoy cree que es una salchicha.

Yo estaba muy preocupada por ella, pero George me dijo:

—Déjala. Siempre vuelve en sí.

También estoy preocupada por George. Se está convirtiendo en un borracho. Sólo piensa en comer y beber, y está acabando con mis remedios contra el dolor de cabeza. La culpa de todo la tengo yo. El remordimiento me reconcome las entrañas. Si George volviera a sonreír...

23 DE ABRIL

Festividad de san Jorge, que mató un dragón, y el santo de mi tío

Aelis ha venido esta mañana para felicitar a George, pero éste no ha querido verla. Se ha pasado el día suspirando por el patio y tirándoles manzanas podridas a las palomas. Aelis, muy apenada, ha estado llorando ruidosamente en mi alcoba. A mí me ha sobrecogido tanto que he tenido que recetarme vino con miel para calmar mi espíritu.

De poco me sirvió, porque me he peleado con mi padre por culpa del barbudo, con mi madre por haber discutido con mi padre, y con Morwenna por todo junto. Antes podía hablar con Aelis o George y me sentía mejor, pero ahora están demasiado preocupados por sus penas para ayudarme. Intenté hablar con William el Raro, pero me dijo:

—¿Qué importancia tiene eso en el ilimitado transcurrir del tiempo? ¿Qué importancia tienes tú o cualquiera de nosotros...?

¡Por los pulgares de Cristo! Le tiré una jarra y salí corriendo.

24 DE ABRIL
Festividad de san Ivón, de cuyo cuerpo enterrado brota un milagroso manantial

Geoffrey se ha tenido que marchar. Su padre le había encontrado un protector más importante para él. Me alegro de que se vaya, aunque todavía pienso a veces en su pelo dorado y sus labios.

25 DE ABRIL
Festividad de san Marcos, evangelista, cuyos huesos yacen en Venecia

He visto en el patio a los mensajeros del barbudo que hablaban entre ellos con seriedad. ¿Irán mal las negociaciones? Decidí utilizar algún ardid para alejarlos de aquí. Al menos tendría algo que hacer, además de preocuparme y esperar.

Me manché el pelo y los dientes de negro y me comporté como una loca, lo cual ya me había dado resultado una vez. Además, dejé que me oyeran murmurar entre dientes que me encontraría en el granero con Gerd, el hijo del molinero. Se han quedado atónitos al verme pasar. Ahora, que se acabe todo de una vez.

26 DE ABRIL
Festividad de san Cleto, tercer papa

Los mensajeros del barbudo se han marchado hoy antes del alba. Nadie quiere contarme qué ha pasado. ¿Se habrá terminado todo? ¿Soy libre?

27 DE ABRIL

Festividad de santa Zita, una criada que rezaba en éxtasis mientras los ángeles hacían su trabajo

He intentado hablar con mi padre. Él no quería. Cuando le tiré de la manga, me golpeó y gritó:

—¡Largo!

Creo que todo ha terminado y he ganado. ¡Gracias, Dios Santo!

28 DE ABRIL

Festividad de san Vidal mártir, esposo de santa Valeria y padre de los santos Protasio y Gervasio

Mi padre tiene la garganta irritada. Le he mandado que haga gárgaras con agua con fresas, vinagre y el excremento de un perro blanco. Como ayer me golpeó, he añadido a mi receta el excremento.

29 DE ABRIL

San Endellion, que se alimentó de la leche de una vaca

Ha venido un vendedor a visitarnos. Traía sombreros, cintas, guantes, pucheros y otros tesoros, para trocar por plumas de oca, cera de abeja y sal. Mi madre me mandó a comprar cintas y entonces vi, colgadas de los maderos de la carreta, unas pequeñas jaulas de mimbre trenzado como diminutos castillos, con torres y puentes levadizos. Quería algunas para mis pájaros, de modo que fui presurosa a mi cámara para ver qué podía cambiar por ellas. No tengo sedas, terciopelos ni encajes, y no imagino a nadie interesado en mis bordados. Por fin, rebuscando entre las cenizas del suelo

161

del salón y entre los huesos, encontré un penique y dos cuartos. El vendedor ya se había marchado, pero lo perseguí por el camino y cambié las monedas por tres jaulas, que he colgado de las vigas del techo con cintas color lavanda. Mi aposento se parece cada vez más al cielo. Que se quejen cuanto quieran los que duermen aquí.

30 DE ABRIL
Víspera del uno de mayo y festividad de san Erconvaldo, obispo de Londres

En la aldea todo el mundo está preparando la fiesta del uno de mayo. Mi madre insiste en que Morwenna me acompañe, pero como esa vieja intente estropearme la diversión, me escabulliré.

Esta noche he dejado abierta la ventana de mi cámara para ver los fuegos encendidos en las colinas. Creo que brillan por mí, por un futuro sin esposos barbudos. Estoy muy ilusionada.

1 DE MAYO

Fiesta del uno de mayo, día de san Marcoul, que cura las úlceras putrefactas, las erupciones y otras asquerosas enfermedades de la piel

Hoy es el día más bonito del año. ¡Es día de fiesta y no hay que trabajar!

Morwenna y yo salimos al amanecer para recoger espino y ramas de rosal, y nos lavamos la cara con el primer rocío de mayo, que es mágico, aunque creo que ya es demasiado tarde para hacer algo por mejorar la cara de Morwenna.

Gerd, el hijo del molinero, y Ralph Littlemouse trajeron un pequeño abedul de las colinas. Le limpiamos las hojas y ramas y lo adornamos con flores y cintas; luego brincamos y danzamos en torno a él, cantando alegres canciones sobre la llegada del verano. John Swann, el de la taberna, y Molly, la hija pelirroja de William Steward, fueron elegidos el rey y la reina de la fiesta de mayo. John Swann ganó también casi todos los juegos: la lucha, la carrera y la pelea con palos; aunque Perkin fue el que trepó hasta la rama más alta del viejo roble. Los chicos se pasaron la fiesta intentando besar a la reina y a cualquier otra doncella que se pusiera a su alcance.

Comimos en la huerta, moras, pan, pasteles y cerveza, y al mediodía apareció un campesino disfrazado de Jack el Verde, con la cara y el cuerpo cubierto de hojas, entonando canciones sobre el amor. Yo también me adorné la ropa y el pelo con hojas y flores, y bailé con Jack y luego con John Swann dos veces, hasta que Molly nos ha separado para que baile con ella. Intenté irme bailando con Jack el Verde cuando se marchaba, pero Morwenna me detuvo, como ya imaginaba yo.

2 DE MAYO

Festividad de san Ginés, que hay dos y ambos perdieron la cabeza

Estoy desconcertada. Los mensajeros del barbudo que partieron hace unos días han vuelto. Parece que este pretendiente no se desanima y ni mi comportamiento ni mis deseos le afectan en lo más mínimo. ¿Será más codicioso que mi padre y más tozudo que yo? Oh, Dios mío, rezo para que no sea así.

El regreso de los mensajeros no cambia nada. ¡No pienso casarme con ese cerdo!

Y ahora me pregunto: si no tengo poderes para deshacerme de este pretendiente, ¿tuve algo que ver en lo de George y Aelis? ¿O en realidad no ha influido para nada mi maleficio?

3 DE MAYO

Día de la Sacrosanta Cruz del Señor

¡Que Perkin arda en el infierno! Esta mañana le pedí que me diera un beso, para saber por qué se escriben tantas poesías y canciones al respecto. Pero él se echó a reír y no me lo dio.

4 DE MAYO

Festividad de santa Mónica, que a pesar de tener un esposo violento y cierta tendencia a la bebida, se convirtió en la madre de san Agustín

Esta mañana me he puesto los zapatos al revés y me han traído muy mala suerte, porque las negociaciones han terminado y estoy condenada a casarme con *lord* Barbudo. Mi madre ha pedido que la boda se celebre después del nacimiento de su bebé, en otoño, de modo que aún me queda tiempo para idear cómo librarme de este aprieto. ¡Ay, si hubiera podido convertirme en monje o en cruzada o en peregrina! Cualquier cosa menos ser una doncella, destinada a ser vendida como un arenque. Estoy de mal humor y me he negado a probar bocado desde el mediodía.

5 DE MAYO

San Hydroc de Lanhydroc, un ermitaño de Cornualles

Me he peleado con el bestia de mi padre por el matrimonio que ha acordado sin mi consentimiento. Le he gritado y él me ha gritado más fuerte; le he arrojado cosas y él las ha pisoteado; hasta le propiné un em-

166

pujón. Me ha acusado de ser tozuda y orgullosa y me ha puesto la cara morada.

6 DE MAYO
Festividad de los santos mártires Mariano y Santiago, a los que degollaron tras crueles suplicios

Me he peleado otra vez con mi padre. Si Dios me otorgó esta bocaza, no creo que sea pecado utilizarla. De todas formas, he decidido mostrarme huraña sin discutir. Será más saludable para mi cara.

7 DE MAYO
Festividad de san Estanislao de Polonia, asesinado por un rey mientras rezaba

Sigo enfurruñada y ahora también lanzo profundos suspiros. Mi padre está a punto de reventar de rabia. Bien.

Me he pasado la tarde en el campo con Perkin y sus cabras. Perkin dice que mi padre no sabe manejarme; que él aprendió a tratar conmigo observando a Sym con los cerdos. Cuando Sym quiere que un cerdo camine hacia adelante, dice Perkin, le ata una cuerda a la pata trasera y tira hacia atrás. Entonces el cerdo se empeña en ir para adelante y ya está. Y lo mismo pasa conmigo, según Perkin. Si mi padre dice que atrás, yo voy hacia adelante.

No me gusta que me comparen con los cerdos, de modo que he dejado a Perkin y ahora estoy sola en el granero, y de pésimo humor.

167

8 DE MAYO

San Indract, un príncipe irlandés que, con sus nueve compañeros de viaje, fue atacado y asesinado por unos bandidos

Más lecciones. Es imposible comportarse como supuestamente debe hacerlo una dama sin acabar hecha un lío. Una dama debe caminar erguida y con dignidad, con la vista al frente, pero al mismo tiempo con los párpados medio cerrados y mirando el suelo; no puede correr, ni saltar, ni meterse donde no la llaman, ni reírse, ni cotillear. Debe llevar las manos entrelazadas bajo la capa, pero también levantarse ligeramente el vestido para que no roce el suelo y ocultar su sonrisa si ésta no es atractiva o sus dientes son amarillos. ¡Una dama ha de tener seis manos!

No debe parecer demasiado orgullosa pero tampoco demasiado humilde, porque en tal caso la gente diría que presume de su humildad. No debe hablar demasiado pero tampoco estar callada, porque en tal caso la gente pensará que no sabe conversar. Nunca debe mostrar su enfado, ni gritar, ni comer o beber en exceso, ni pronunciar juramentos. ¡Por los pulgares de Cristo! Me voy ahora mismo al granero a dar brincos, tirarme pedos y hurgarme los dientes.

9 DE MAYO

Festividad de san Beato de Vendôme, que vivió y murió en una cueva, donde combatió y venció a un dragón

Más disputas con mi padre y más moratones. Mientras Morwenna me lavaba la cara con agua de romero, me dijo:

—Ay, pequeña, hasta los perros son más listos que tú y no ladran a su propio amo.

Perkin me compara con un cerdo y Morwenna con un perro. ¡Ojalá lo fuera!

10 DE MAYO

San Conleth, que fue devorado por los lobos

Mi madre continúa teniendo dolor de cabeza. Le he preparado un tónico de manzanilla. El excremento de cabra también es bueno, pero Perkin no ha vuelto con sus cabras. No mejora.

11 DE MAYO,

Festividad de san Credan, que mató a su padre y, arrepentido, se convirtió en porquero y santo

Me pregunto cómo lo haría.

14 DE MAYO

Festividad de san Bonifacio, que llevó una vida disoluta, pero que siempre fue bueno con los pobres y murió protegiendo a los cristianos

Como mi madre ha estado enferma estos días, no he tenido tiempo para escribir, ni nada que escribir.

15 DE MAYO

Festividad de santa Dimpna, protectora de los locos

Hemos llamado al médico español que está visitando la abadía para que atienda a mi madre, porque ni Morwenna ni yo podemos hacer más. Es un hombre pequeño, con capa y sombrero negros, que parece un pan quemado. Le ha recomendado que evite los malos olores, que no llore ni cante ni grite, y que no piense en nada. Yo le he recomendado que se libre del médico español.

17 DE MAYO
Santa Matrona y seis vírgenes mártires más
Mi madre está mejor, y yo todavía estoy prometida. Llueve. La vida sigue.

18 DE MAYO
Santa Aelgifu, reina de Wessex, madre de los reyes Edwy y Edgar
Creo que Aelgifu sería un nombre mucho más apropiado para mí que Catherine o Pajarillo. He pedido a Morwenna que de ahora en adelante me llame Aelgifu, pero ella se ha limitado a resoplar.

19 DE MAYO
Festividad de san Dustano, que pellizcó las narices del Diablo con unas tenazas
Sigue lloviendo. Estuve en el salón con William el Raro, que también se niega a llamarme Aelgifu, pero me leyó fragmentos de su historia del mundo. Acaba de escribir sobre la guerra de Troya y Eneas, que huyó a Italia; sobre su nieto Brutus, que fue expulsado de Italia por disparar una flecha a su padre, al que confundió con un animal (a mí me parece un error muy

razonable). Tras muchas aventuras, Brutus llegó a la isla de Albión, habitada sólo por gigantes, y aquí se instaló con sus seguidores. Ellos cambiaron el nombre de la isla por el de Bretaña, en honor de Brutus. Yo le pregunté a William el Raro que por qué no le habían puesto Brutania. Él se molestó y dejó de leer, así que tuve que abandonar la comodidad del salón y buscar otro sitio para esconderme de Morwenna y sus eternas obligaciones.

20 DE MAYO
Festividad de san Edilberto, pariente de mi tía Ethelfritha
Sigue lloviendo. Nadie ha accedido a llamarme Aelgifu, excepto Gerd, el hijo del molinero, que no sabe pronunciarlo y me llama Tururú.

21 DE MAYO
Festividad de san Collen, un galés que retó en duelo a un sarraceno delante del papa y, al regresar a su tierra, mató a la giganta que asolaba el Valle de Llangollen
He preguntado a William el Raro más detalles de la vida de san Collen, porque él conoce este tipo de historias. Pero me ha dicho que no es más que una leyenda, que san Collen luchó efectivamente contra un sarraceno y una giganta, pero que el papa no tenía nada que ver en el asunto.

Es agradable sentarse junto al fuego a oír historias y pensar en los griegos, en los gigantes y en los papas. Ojalá pudiera ser la aprendiza de William.

22 DE MAYO

Festividad de santa Elena de Carnavon, constructora de caminos

Para tenerme ocupada, porque según Morwenna la inactividad es madre del pecado, me han obligado a coser sábanas para mi ajuar. ¡Por todos los diablos! ¡Ojalá tuviera hilo de beleño mortal o tártago!

Esto de bordar las sábanas para mi noche de bodas me da escalofríos. ¿Qué voy a hacer? ¿Estoy condenada?

25 DE MAYO

Festividad de san Zenobio, obispo de Florencia, que resucitó a cinco personas, incluido un niño al que atropelló una carreta de cerveza delante de la catedral

Para calmar mis nervios ante tanta lluvia, había pensado enseñarle algunas de mis canciones a William el Raro. Al fin y al cabo, es un gran erudito y podría darme su opinión sobre ellas. Pero en cuanto empecé con mi canción de la Cuaresma, él me interrumpió hablándome de su propio trabajo, de lo difícil que resulta obtener suficiente pergamino y de su proyecto de escribir la vida de Merlín el Mago en verso. Me he ido a tirar grosellas al fuego para ver cómo estallan. Tendrá que buscarse otro aprendiz.

28 DE MAYO

Festividad de san Bernardo, que utilizaba perros para ayudar a los viajeros perdidos en los Alpes

Walter Grey, el administrador del feudo de Cross-

172

bridge, ha venido a vernos para beberse nuestra cerveza y presumir de un milagro acaecido en Crossbridge. Uno de los aldeanos, según dice, un hombre iletrado que no conocía más idioma que el inglés, despertó una mañana hablando fluidamente en hebreo. Nosotros tuvimos una vez una ternera de dos cabezas, un prodigio que yo creo más importante, aunque no vivió mucho tiempo.

29 DE MAYO
San Alejandro, martirizado en Milán
La noticia del villano que habla hebreo ha conmocionado a William el Raro. Dice que esto confirma su sospecha de que Brutus y los primeros bretones no eran troyanos, sino miembros de una de las tribus perdidas de Israel, expulsados de su tierra por los asirios. Un aldeano que milagrosamente recordara el hebreo de sus antepasados confirmaría su teoría.

William ha decidido ir a Crossbridge para verlo por sí mismo. Tiene visiones de gloria y fama; ya imagina a los eruditos de todo el mundo consultándole sus problemas. Seguro que todos quieren dormir en mi cámara.

30 DE MAYO
Festividad de san Huberto, que se convirtió al cristianismo al ver la imagen del Cristo crucificado en las astas de un ciervo
Hoy al amanecer ha tenido lugar en nuestro patio un extraño espectáculo. William el Raro cargó su escritorio, sus pergaminos y sus plumas a lomos de la

173

mula del molinero y partió hacia Crossbridge para conquistar la fama. Acostumbrado al esfuerzo de la escritura, no ve bien de lejos, de modo que montaba muy inclinado hacia adelante sobre el cuello de la mula, bizqueando y esforzando la vista, o frotándose los ojos que le dolían de tanto bizquear y escudriñar. Y nuestros vasallos, alineados junto al camino, le gritaban al pasar, creyendo que era una especie de santo que tenía algo que ver con el milagro de Crossbridge. Incluso algunos perros, dos cabras, un ganso y varios niños de la aldea corrían detrás de él, salpicados por las gotas de tinta que iba derramando a su paso. Me gustaría haber pintado la escena en la pared de mi aposento, mas temo que no podría dormir nunca más de la risa que me daría recordarlo.

31 DE MAYO
Festividad de santa Petronila, que rehusó casarse con un conde pagano y dejó de comer hasta morir

Ha dejado de llover y el mundo brilla. Parece que las esperanzas renacen con el Sol. Pronto será verano y yo todavía no soy *lady* Barbuda. Encontraré la forma de librarme de esto.

unio

1 DE JUNIO
Festividad de santa Gwen de Bretaña, que tenía tres pechos

William el Raro ha vuelto. Dice que el hebreo que hablaba el aldeano no era más que un galimatías, producto de una mente enferma o una imaginación desbordante. Lejos han quedado sus sueños de grandeza. Está instalado otra vez de espaldas a nuestro fuego, escribiendo sobre dos huérfanos gemelos, amamantados por una loba, que fundaron Roma.

2 DE JUNIO
Festividad de san Marcelino y san Pedro, mártires cristianos que convirtieron al cristianismo a su carcelero

Hoy había un mensaje de Robert. Su esposa ha muerto con la misma discreción con la que vivía. Ni una sola vez la llamé por su nombre, que era Agnes.

175

El niño murió también; aún no tenía nombre.

Me siento extraña, demasiado emotiva y sentimental. Quizá debería prepararme una infusión de ajenjo y vincapervinca para reconfortar mi ánimo.

3 DE JUNIO

Domingo de Pentecostés y festividad de san Kevin, que se alimentó del salmón que le traía una nutria y que murió a los ciento veinte años

Nos hemos vestido de verde y amarillo para celebrar el día de Pentecostés y hemos entonado canciones de verano, aunque hacía tanto frío y llovía tanto que los bailarines se pelearon por los disfraces de árbol, que son incómodos pero calientan. Todos hemos acabado empapados y llenos de barro, pero felices pensando en la cerveza que íbamos a beber.

4 DE JUNIO

Festividad de san Edfrith, escribano y artista, como yo

Hoy ha sido un día tranquilo. Tengo dolor de cabeza y acidez de estómago, pero hace calor.

5 DE JUNIO

Festividad de san Bonifacio, que escribió la primera gramática latina utilizada en Inglaterra

Hoy he ayudado a una hormiga. Llevaba una carga tan pesada que parecía que iba a aplastarla. Era una migaja o un grano de trigo, o tal vez una gota de miel que se había secado al sol. La hormiga trataba de llevarla a su nido para alimentar a sus hermanas hormigas un día o una semana, con lo pequeñas que son. Estaba tan concentrada en el esfuerzo que no advirtió mi presencia. Yo la observé tambalearse, caer y tropezar, pero continuaba avanzando lentamente hacia su casita.

Era ya la caída de la tarde, cuando los aldeanos regresan con sus animales para encerrarlos en los corrales a pasar la noche. Yo sabía que la diminuta hormiga y su preciosa carga quedarían aplastadas en el barro. Tenía que ayudarla.

Primero busqué otras hormigas, para ver hacia dónde iban. Seguí una hilera y vi que entraban y salían de un agujero en el suelo. Todas corrían presurosas, siempre alrededor del agujero. «Éste debe de ser su hogar», pensé.

Luego puse una hoja delante de la hormiguita. Estaba tan absorta en su tarea que se subió en la hoja sin darse cuenta. Entonces me acerqué al agujero donde había tanta actividad. Para mí sólo fueron unos pasos; en cambio, para la hormiga, hubiese sido el viaje de su vida. Coloqué la hoja en el suelo. La hormiga recorrió la hoja arriba y abajo, dio unas vueltas en círculo agitando las antenas, igual que mi hermano Robert cuando se sube los calzones, y por fin bajó al agujero con su carga a cuestas. Me sentí como si hubiera salvado al mundo entero.

6 DE JUNIO
Festividad de san Norberto, san Artemio, su mujer santa Cándida y su hija santa Paulina (de verdad, no me lo he inventado)

El bestia de mi padre se ha despertado esta mañana rugiendo como una bestia de verdad. Tiene dolor
de muelas. Se ha frotado el pulgar con un ajo (así ha
estado oliendo todo el día), pero este remedio infali-
ble no ha funcionado. Va gritando que quiere ir a Lincoln, al sacamuelas, mas mi madre tiene miedo de que,
al sacarle la muela, le quede un agujero por el que se
le pueden meter los malos espíritus. Yo creo que es
más probable que los malos espíritus quieran salir de
su cuerpo por ahí.

8 DE JUNIO
*Festividad de san Guillermo de York, a quien una
vez mi tatara-tatara-tatarabuela arrojó un repollo*
Mi madre ha convencido a la bestia para que avise
al médico español de la abadía. Piensa que tal vez pueda curar a mi padre sin hacerle un agujero.

11 DE JUNIO
Festividad de san Bernabé, el primer misionero
Hace dos días estuvo en nuestra casa el médico español. Le dijo a mi padre que su dolor de muelas se
debía a un desequilibrio de los humores de su cuerpo
y le recomendó que eliminara el exceso de sangre ha-
ciéndose un corte bajo la lengua. Mi padre accedió (demasiado mansamente para lo que es él) hasta que el
cuchillo le cortó. Entonces descargó tal golpe que
arrancó de su silla al hombrecillo. Por fin el médico
logró cortarle y recogió la densa sangre que manaba
de la herida en un puchero de cocina.
Hoy, sin embargo, la bestia seguía rugiendo, de mo-

do que el médico ha vuelto. Al parecer, el dolor de muelas no se debe a un desequilibrio de sus humores, sino a un gusano que se ha instalado dentro de la mandíbula de mi padre. Esta causa requiere un nuevo remedio. El médico ha mezclado hojas de beleño con grasa de oveja, ha hecho bolas con la masa y las ha arrojado al fuego para que mi padre se inclinase y respirase el humo por la boca. Pero saltaban muchas chispas y se le ha incendiado la barba. Parecía un demonio del infierno, echando humo y aullando. Me he marchado corriendo y he ido a ayudar a Meg a hacer queso.

13 DE JUNIO

Festividad de san Antonio de Padua, que una vez predicó a un pez

Hoy nos vamos a Lincoln, al sacamuelas. El médico vino ayer otra vez, escoltado por seis hombres de mi padre. Dijo que ese gusano era especialmente tozudo y maligno, y que la única solución era ponerle en la muela una cataplasma de excremento de cuervo. El hombrecillo tuvo que salir corriendo, con la túnica levantada sobre sus piernas flacas y peludas, perseguido por mi padre. Ni siquiera los seis hombres de mi padre consiguieron que regresara.

Morwenna convenció a mi madre de que necesitábamos seda para bordar y que debíamos escogerla personalmente, ¡así que vamos nosotras también! El jueves es Corpus Christi y Lincoln estará adornado con flores; los comerciantes pasearán sus carros por toda la ciudad hasta la plaza de la catedral, donde representarán el auto de la Creación y la vida de Jesús. ¡Y yo estaré allí para verlo! ¡Dios bendiga a Morwenna!

19 DE JUNIO

Festividad de san Gervasio y san Protasio, cuyas reliquias devolvieron la vista a un carnicero ciego de Milán

¡Dios Santo! Desde la última vez que escribí en este diario he visto el cielo y el infierno, ángeles y demonios, hasta las torturas de los condenados. Estas cosas me influyen mucho.

Cuando partimos hacia Lincoln, lloviznaba, pero en la ciudad, en lo alto de la colina, lucía el sol. Desde nuestra habitación en la posada se oían los cascos de los caballos sobre los adoquines, el increíble bullicio de la gente, los gritos de los mercaderes y los cocineros: «¡Pasteles calientes! ¡Carne de cerdo y gansos! ¡Venid!».

Lincoln es una ciudad hermosa e interesante. Para ir al sacamuelas recorrimos calles tan empinadas que, si alguien empujara a un obispo gordo desde la cima, no dejaría de rodar hasta alcanzar el río Trent. A cada lado había tenderetes con las mercancías extendidas sobre los mostradores: paños, cintas, velas, agujas, botas, cinturones, cucharas, cuchillos, flechas y más cosas. Los balcones de las casas se asomaban tanto sobre la calle que podrías pasar una salchicha al balcón de la casa de enfrente sin moverte.

La bulliciosa ciudad estaba llena de perros, gatos, pavos, ocas, cerdos, caballos, mercaderes, viajeros, señoras que se dirigían al mercado, niños corriendo al

pozo con cubos, criadas vaciando orinales y todo tipo de agitadas y atareadas criaturas. Cerca de la plaza del mercado nos cruzamos con una carreta en la que llevaban a un hombre atado de pies y manos; había sido sorprendido vendiendo pescado podrido y llevaba algunas de sus apestosas mercancías en torno al cuello, como un collar. Cientos de gatos hambrientos y esperanzados seguían la carreta. También varios niños y algunas señoras caminaban tras él, arrojando palos, barro y basura a la carreta como venganza. Una anciana tiraba zanahorias y cebollas podridas, pero otra las iba recogiendo en su delantal; salió corriendo para hacerse una sopa.

En el sacamuelas mi padre volvió a rugir, pero por fin le sacaron la muela. Ahora tiene la encía negra e hinchada. Por un momento pensé que tal vez mi madre tenía razón y los malos espíritus se le colarían por el agujero, pero ya no grita, ni lanza juramentos, ni apesta, de modo que quizá todo ha salido bien.

Como era la víspera de Corpus Christi, después oímos misa y seguimos la procesión de curas y comerciantes hasta el patio de la catedral para verlos representar el Juicio Final. Una carreta de dos pisos representaba el cielo, en el de arriba, y la tierra, en el de abajo. A un lado se abría la boca del infierno, que vomitaba llamas y humo, y se oían los espantosos gritos de los condenados, que sufrían todo tipo de tormentos mientras se quemaban. ¡Seguro que tengo pesadillas durante meses!

El cielo estaba demasiado lleno, teniendo en cuenta que, según dicen, sólo unas pocas personas son realmente buenas y merecen ir allí. Unos ángeles de piel y alas doradas se agitaban en lo alto colgados de doradas correas y tocaban arpas también doradas. Uno se enganchó con las ramas de un manzano y empezó a soltar maldiciones más propias de un demonio; por fin logró bajar sin sufrir daños y la representación prosiguió, con Dios y los santos cantando y danzando, soplando en cuernos dorados y convocando a todos los hombres para que respondan de sus actos.

En la tierra, los demonios, con sus cornudas máscaras y cubiertos de crin de caballo, intentaban arrastrar a los pecadores a la boca del infierno, mientras que, a su espalda, la Virgen María arrancaba a las pobres almas del fuego del averno con sus propias manos. Luego apareció el mismísimo Diablo, con sus pezuñas, sus cuernos y su cola, envuelto en piel de lobo, adornado con campanas, desgreñado y espantoso; olía como un arenque pasado. Con profunda voz bramó:

—¡Esposas de mal carácter, que hacéis sufrir a vuestros maridos, asesinos y ladrones, recibid mi bienvenida!

¡Si hubiera llamado a las hijas desobedientes, creo que me habría arrepentido de mis pecados y habría pedido clemencia a gritos allí mismo, en pleno patio de la catedral!

Un diablo torpón tiró la escalera del cielo, que se hizo pedazos y dejó desamparados a los actores de arriba. Mientras alguien alzaba otra, Dios y los ángeles nos entretuvieron con canciones y pícaras historias. Cuando se alzó la nueva escalera todos prorrumpimos en vítores. Dios bajó saludando al público y la representación se terminó.

20 DE JUNIO
San Albano, que fue decapitado, y también uno de los soldados que le vigilaba, porque se convirtió en el camino y tuvo que ser bautizado con su propia sangre

Nuestro regreso ha coincidido con el día de limpieza general. La huerta está engalanada con sábanas mojadas, colgadas de cuerdas y de las ramas de los árboles. En las ollas hierve agua con jabón y el olor es fortísimo. ¡Al menos mi cuerpo disfrutará esta noche de sábanas limpias!

Aunque esta casa no se puede comparar con las emociones vividas en Lincoln, me he alegrado de ver a mi madre de nuevo. Ella y el bebé que lleva en sus entrañas se encuentran bien. ¡Que Dios la proteja!

21 DE JUNIO
San Leutfrido, que fue abad durante cuarenta y ocho años

El viejo Tam, el padre de Meg, de la vaquería, tiene por fin tres cerdos, de modo que Meg se casará con el primogénito de Thomas Baker, Alf, en cuanto tengan la casa. Alf es enclenque y estornuda todo el verano, pero aun así envidio a Meg, que puede casarse con el hombre que ama, y no *lady* Catherine, prometida a un cerdo. Me he puesto triste.

22 DE JUNIO
Santa Ebbe la Joven, que se cortó la nariz para proteger su virtud de los saqueadores daneses

He pasado la tarde matando pulgas. Extendí un paño blanco sobre cada una de las camas para que mis débiles ojos pudieran distinguir bien las diminutas pulgas negras cuando saltaban. Luego las fui cogiendo una a una para aplastarlas entre el índice y el pulgar. Es una tarea aburrida y acabo llena de picaduras, pero no requiere concentración, de modo que puedo pensar y hacerme preguntas mientras trabajo.

Hoy he imaginado cómo podría morirse el asqueroso barbudo que desea casarse conmigo. Podría ser devorado por los lobos, caerle un rayo encima o explotar por comer demasiado. Podría encontrarse con un dragón más grande y más malvado que él, ser destripado por un turco o asesinado por un esposo celoso. Y si se le cayesen todos los dientes, no podría comer y moriría de hambre. Podría arrojarse desde un tejado después de haber bebido mucho, creyendo que sabía volar. Tal vez le atropelle una carreta cargada de pesados pucheros de hierro; o le salgan úlceras putrefactas por todo el cuerpo. Y yo podría echarle bayas venenosas en la sopa, o entrenar a mis pájaros para que vuelen al Norte y lo maten a picotazos. O podría bajar del cielo una mano gigante que lo aplastara entre el índice y el pulgar. La vida está llena de posibilidades. Ojalá suceda algo pronto.

23 DE JUNIO
Víspera del solsticio de verano y festividad de santa Ediltrudis, cuyo cuerpo se halló incorrupto once años después de su muerte

Todo el mundo celebra la víspera del solsticio de

verano comiendo, bebiendo y danzando en los campos. Yo no puedo por lo preocupada que estoy ante la proximidad de mi matrimonio. ¡Ah, si las hogueras que brillan esta noche por todo el condado para alejar a los demonios y dragones alejaran también a los pretendientes indeseables! Me voy a la cama. Las canciones alegran mis oídos, pero no consiguen calmar mi corazón.

24 DE JUNIO

Solsticio de verano y festividad de san Juan Bautista, primo de Nuestro Señor, cuya cabeza entregó el rey Herodes a Salomé como premio por su danza

¿Dónde estaré el próximo san Juan?

25 DE JUNIO

Festividad de san Adelberto, de quien no se sabe gran cosa, salvo que realiza milagros desde su tumba

Anoche Ralph Littlemouse soñó con la abuela de Perkin; la vio sentada junto al camino, con la ropa manchada de sangre.

Esta mañana fue corriendo a su casa, pero ella ya estaba muerta. Ralph cree que la han matado los duendes, porque no tiene ninguna marca. Ahora todos llevamos pan en los bolsillos para protegernos de los duendes.

Glynna Cotter y Ann, la esposa de Thomas Baker, la lavaron y vistieron. Han puesto el cadáver sobre una mesa de su casa. Esta noche todos los aldeanos irán a velarla. No sé por qué lo llaman así, porque en realidad estarán cantando, jugando y bebiendo, pero por lo menos ella no estará sola.

Han ido a buscar a Perkin a los altos prados. Mi corazón sufre por él.

26 DE JUNIO

Festividad de san Juan y san Pablo, mártires romanos que fueron enterrados en su jardín

Nos llevamos a la abuela de Perkin a la iglesia cuando aún era de noche, aunque un rayo de luz plateada asomaba por el Este, anunciando el amanecer.

En misa, el padre Huw habló de los pecadores, del fuego del infierno y de que todos nos podemos morir de pronto porque nadie sabe cuándo le llegará su hora. Pero no dijo que la abuela de Perkin tenía los ojos más alegres del mundo; ni que, aunque no era más grande que el hijo pequeño de Ralph Littlemouse, en su regazo siempre había sitio para consolar el llanto de cualquier niño; ni que hacía los mejores pasteles de la aldea.

Intenté convencer a Perkin para que durmiera en nuestro salón, pero él dijo que no, que extenderá su lecho junto al fuego en la casa de su abuela, como hace siempre que no está en los pastos con las cabras y como hará cada noche hasta que se marche a estudiar.

27 DE JUNIO

Festividad de san Cirilo de Alejandría, obispo y fiero defensor de la fe cristiana

Hoy me desperté antes del amanecer con una brillante idea. Salté de la cama, me puse mis ropas y me fui a la vaquería. Meg ya se hallaba allí, intentando ordeñar una vaca terca.

—Meg, tengo una idea —le dije—. Tú y Alf necesitáis una casa, y la abuela de Perkin ya no necesita la suya. Yo creo que Dios os ha enviado la casa de la abuela de Perkin.

Los ojos de Meg se iluminaron como si les hubieran prendido fuego.

—¡Una casa! —suspiró—. Casados —suspiró—. ¡Alf y yo! —suspiró.

Estuvimos dando saltos por la vaquería y de repente Meg se detuvo, mordiéndose el labio y frunciendo el ceño.

—Vuestro padre, señora, ¿querrá? ¿Podríamos...? ¿Podríais...?

Imaginé lo que Meg intentaba pedirme. Mientras ella terminaba de convencer a las vacas, yo fui a convencer a mi padre.

Lo encontré en el salón, con el pan y la cerveza del desayuno, mirando ceñudo a William el Raro, que yacía y roncaba a su lado, junto al calor del fuego.

—Señor —dije—, espero que os encontréis bien esta hermosa mañana.

—Bruuup —dijo mi padre.

—Estoy segura —proseguí— de que la abuela de Perkin ya está en el cielo, contemplándonos a todos. Yo sé que Dios la quería a su lado, porque era buena y generosa. Dios siempre premia a los generosos.

—Bruuup —repitió mi padre.

—Siendo como era, sé que la abuela de Perkin querría compartir lo que poseía con nosotros, que aún per-

188

manecemos en este mundo: su manto para la esposa del molinero, sus medias para Ann Baker, y... —continué, respirando hondo— su casa para una joven pareja que no tiene hogar.

Mi padre interrumpió su eructo. Su cerebro despertó. Había comprendido. La codicia asomó a sus ojos diminutos y comenzó a regatear conmigo por la casa. Finalmente accedió a permitir que Meg y Alf dispusieran de ella, a cambio de uno de los magníficos cerdos de Meg y mi consentimiento a contraer matrimonio.

Así lo dije a Meg, y Meg se lo contó a Alf. Se casarán el domingo y vivirán en casa de la abuela de Perkin. Perkin seguirá disponiendo de su lecho junto al fuego cuando no esté en los prados con las cabras y tendrá así a alguien que se preocupe por prepararle un plato caliente los días fríos. Su abuela me sonreirá desde el cielo y todo irá bien.

28 DE JUNIO

Víspera de san Pedro y festividad de santa Potamiena, sobre cuyo cuerpo vertieron brea hirviendo, y san Basílides, un soldado que fue amable con ella

Hoy tenía buenas razones para esconderme de Morwenna. Quería hacer un dibujo para Perkin de su abuela en el cielo y no podía permitir que me importunara y me obligara a coser o a caminar con la vista en el suelo. Utilicé mis mejores tintas y pinceles, y un pliego nuevo de pergamino que robé por la noche de la pila que utiliza William Steward para las cuentas de la casa. En mi dibujo brilla el Sol, porque la abuela de

Perkin sufría enormemente con el frío. Ella está ataviada con un manto verde nuevo y baila en la pradera con Perkin y las cabras, porque yo creo que el cielo no sería cielo para ninguno de ellos sin cabras. Ella está sonriendo y tiene todos sus dientes.

Perkin se marcha dentro de dos días a los prados, de modo que le dejaré el dibujo en casa, donde lo encontrará.

30 DE JUNIO

Festividad de san Teobaldo, ermitaño y patrón de los carboneros

Perkin se ha ido, pero antes vino a darme las gracias. Me regaló la taza de loza de su abuela y un beso. Noto mucho calor por dentro, aunque la mañana es fría.

Julio

1 DE JULIO

Festividad de los santos Julio y Aaron, granjeros britanos que sufrieron espantosas torturas a manos de los romanos

Hoy fui a casa de Meg antes del amanecer para regalarle mi capa azul, pues la única que ella tiene está vieja, llena de remiendos, y es verde, un color que trae mala suerte a una novia. Luego fui a la iglesia a esperar en la puerta la llegada de los demás. William Steward y yo acudíamos en representación de mi padre. Meg dijo que era un gran honor y que le traería suerte. En mi opinión, la suerte ha sido que mi padre no acudiera.

Antes de que aparecieran por el camino Meg y Alf, oí el sonido de la música, las canciones y las risas de los aldeanos que los seguían. Meg, que generalmente lleva el pelo trenzado y recogido con horquillas para que no se le moje con la leche ni se le enrede cuando hace mantequilla, lo llevaba suelto en una cascada de

191

oro que le llegaba hasta las rodillas. Una corona de campanillas, prímulas y azucenas le servía de adorno. Mi capa azul hacía juego con sus ojos. Morwenna dice que la belleza, igual que el arco iris, pasa deprisa, pero yo sé que durante el resto de mi vida, cada vez que mire a Meg, la recordaré así.

Alf estaba más o menos como siempre, aunque sin harina en el pelo.

Tras pronunciar los votos a la puerta de la iglesia, Alf dio a Meg medio penique y se quedó con la otra mitad para que, según dijo, siempre recordaran que eran dos mitades de la misma alma. Fue muy hermoso. Luego oímos misa y, bajo el tañido de las campanas, fuimos a la taberna a brindar por la novia. Aprovechando que el cielo mostraba el mismo color azul que los ojos de Meg, John Swann había dispuesto las mesas fuera, adornadas con romero, laurel y pétalos blancos de rosas silvestres.

La tarde ha resultado muy animada, con música, bailes y mucha cerveza, que se pagó con el dinero que los novios guardaban para su casa.

Ahora empieza a oscurecer y estoy escribiendo en mi aposento. La fiesta continúa y durará toda la noche (algunos incluso desayunarán con la cerveza de la boda), pero Meg y Alf se han ido a la casa que Dios les envió con ayuda de la abuela de Perkin y mía.

2 DE JULIO

Triunfo de los santos mártires romanos Proceso y Martiniano, cuyas reliquias curan a los enfermos y a los locos, y descubren a los perjuros

192

He estado pensando en mi propia boda. Antes soñaba con un hermoso príncipe sobre un caballo blanco cubierto con sedas y campanillas; ahora me encuentro con un viejo apestoso de dientes podridos que bebe demasiado. ¡Preferiría a Alf! Pero pienso que en realidad un hombre y una mujer no forman un matrimonio sólo por ir a una iglesia y oír las palabras del sacerdote, sino porque dan su consentimiento, su «sí, quiero». Y yo nunca consentiré este matrimonio. Mi respuesta es «no quiero». No me pueden casar sin mi consentimiento, ¿no es cierto? No pueden atarme con cuerdas y obligarme a mover los labios mientras mi padre grita por mí «sí, quiero». Me han dicho que esto ha ocurrido, pero ni siquiera mi padre podría ser tan cruel. No daré mi consentimiento y no habrá matrimonio. Amén.

4 DE JULIO
Festividad de san Andrés de Creta, apuñalado por un iconoclasta fanático

He pasado esta tarde de verano tumbada en el campo, viendo surgir las estrellas en el cielo. Libre. Libre. ¡Libre! Después de dos días de tormento y encierro es maravilloso ser libre. Fue así:

Tras la boda de Meg, encontré a mi padre cerca de la bodega.

—Vamos a terminar con esto de una vez, hija —me dijo—. Es hora de que cumplas tu promesa y consientas en casarte con Murgaw.

—Jamás —repliqué—. A vuestros vasallos se les permite casarse con quien quieran, pero vuestra hija es vendida como un queso para vuestro beneficio. Jamás.

Él parpadeó tres veces, abriendo y cerrando la boca. Entonces se le puso roja la cara y comenzó a tartamudear palabras inconexas:

—Meg... casa... promesa... matrimonio.

—Prometí casarme, señor, y lo haré —dije—, pero no con ese cerdo. No consentiré.

Entonces vinieron los gritos y los golpes, que terminaron con mi encierro sin mis tintas, en un intento de someterme por el tormento.

Esta tarde mi padre ha entrado en mi aposento, la única persona que he visto en dos días con excepción de Morwenna y Wat. Desde el umbral me ha dicho:

—Vuestra madre me ha pedido que te deje salir. Vas a bajar a cenar. Estarás callada, alegre y obediente. Y te casarás con el cerdo —y ha dejado la puerta abierta.

Soy libre. Y no me voy a casar con el cerdo.

5 DE JULIO
Festividad de santa Morwenna, una doncella irlandesa que hacía milagros

Esta mañana le he llevado flores a Morwenna a la cama. Es una pesada y siempre me está incordiando, pero la quiero. El primer rostro que vi en mi vida fue el suyo.

6 DE JULIO
Santa Sexburga, esposa de Erconbert, madre de Erkengota y Ermenegildo

194

El pequeño marido de Aelis ha muerto y ella es viuda sin haber llegado a ser una auténtica esposa. Puesto que sólo en breves ocasiones habían coincidido, no creo que esté demasiado apenada. Me pregunto si George lo sabe.

7 DE JULIO
Festividad de san Willebaldo, que escribió un libro sobre sus viajes a Roma, Chipre, Siria y a Tierra Santa

Mi padre se ha marchado a Londres. La mansión está limpia y silenciosa, y yo respiro con más facilidad.

8 DE JULIO
Festividad de santa Urith de Chittlehampton, asesinada por unos envidiosos campesinos

Hoy, después de oír misa, me acerqué a la casa de la abuela de Perkin, que ahora es el hogar de Meg y Alf. Verduras y carne de cordero hervían en un puchero al fuego, de manera que dentro de la casa hacía mucho más calor que fuera. El aire era espeso, lleno de humo, y aunque habían barrido el suelo, seguía sucio. No había más mobiliario que un pequeño lecho de paja, el jergón de Perkin en el suelo y la mesa donde la abuela de Perkin comió toda su vida y donde estuvo su cuerpo el día de su muerte, pero la oscura casita parecía distinta, más luminosa y con olor a juventud. Se respiraba amor, el amor de Meg y Alf, y el de los hijos y los nietos que algún día llenarán la casa, para compartir la vida juntos.

Meg me ofreció un poco de carne con verdura, pero yo tenía un nudo en la garganta por tantos sentimientos contradictorios, tristes y alegres, y no pude probar bocado. Me volví a casa sola.

10 DE JULIO
Festividad de los siete santos hermanos de Roma, martirizados junto a su madre, santa Felícitas

Tengo tanto calor que me he quedado sin fuerzas. Este tiempo augura una buena cosecha, pero le sienta muy mal a mi madre. Yo me siento todos los días con ella, bordo ropita para el bebé y le cuento historias para hacerle olvidar el dolor. Estoy preocupada por ella.

12 DE JULIO
Festividad de santa Verónica, que enjugó el rostro de Jesús en la subida al Calvario con un paño, en el que quedaron marcados los rasgos del Salvador

Hace demasiado calor para escribir. Ni siquiera los gatos persiguen a los ratones.

13 DE JULIO
Santa Mildred, que se hizo monja para escapar de un pretendiente indeseable (ha de haber otra solución)

Con este calor a mi madre se le han hinchado las piernas; eso significa que el bebé será niña. Le he aplicado una pasta hecha de alubias, harina, vinagre y aceite, pero los perros insisten en lamérsela. Así que la he lavado, le he frotado las piernas con aceites perfumados y le he cantado dulces canciones. Parece que le ha ido bien.

15 DE JULIO

San Swithin, que lloró desde el cielo y provocó cuarenta días de lluvia

Mientras frotaba las piernas de mi madre esta noche, ella ha vuelto a contarme su primer encuentro con mi padre. Me sorprende lo suave y dulcemente que me habla de ese pedazo de bestia sucio, rudo, codicioso y borracho. Le he dicho que parece que nosotras veamos a dos hombres diferentes. Según ella, el matrimonio te enseña a ver las cosas de otra forma.

—A mí me parece que el matrimonio sólo consiste en bordar, parir y llorar —dije yo.

Ella sonrió.

—El matrimonio es lo que tú haces que sea, Pajarillo. Si escupes al cielo, la saliva te caerá en la cara. La paciencia, la dulzura y el amor son importantes para mantener la unión. Claro que también ayuda —añadió con suavidad— que el hombre que te despose sea bueno y apuesto como tu padre...

¡Por los pulgares de Cristo, basta de hablar de las virtudes de mi padre! Mi madre debe padecer alguna enfermedad que le ha afectado al cerebro.

17 DE JULIO

Festividad de san Alejo, que vivió como esclavo en la casa de su padre y dormía bajo las escaleras

Hoy me he encontrado con Aelis en la pradera. Está contenta y aliviada de no estar casada. Dice que, cuando se casó con el pequeño duque, su padre le prometió que, si volvía a casarse alguna vez, ella decidiría con quién. Ahora que el niño ha muerto y Aelis es

197

viuda, está decidida a casarse con quien ame y que la ame. Yo sé que está pensando en George, pero no sé qué pasará. Mi tía Ethelfritha está un poco loca, pero desde luego está viva.

18 DE JULIO
Festividad de las santas Edburga de Bicester y Edburga de Winchester, pero no de Edburga de Minster

El cerdo barbudo me ha enviado regalos de compromiso que, naturalmente, yo he rechazado, puesto que no pienso casarme con él. Me ha enviado un mondadientes de plata, un costurero, un tocado de gasa de un odioso color verde, que es el que peor me sienta, y un saquito de plata. ¡Por los clavos de Cristo! Sus regalos son tan poco románticos y tan indeseables como él.

Su hijo Stephen me envió un cuchillo de bronce con grabados de hojas y lianas, y las palabras: «Piensa en mí». Un regalo precioso.

20 DE JULIO
Festividad de santa Margarita de Antioquía, devorada por un dragón que luego explotó y protectora de las parturientas

¡Oh, santa Margarita, protege a mi madre cuando llegue la hora! Es una mujer mayor, más de treinta años, y está delicada. Pero tú eres fuerte y tozuda, y yo puedo ser tan dura como la carne de oso. Espero que entre las dos podamos ayudarla.

21 DE JULIO

Festividad de san Víctor, soldado y mártir

George y mi tía Ethelfritha han venido otra vez. Él sigue sin sonreír y sus ojos verdes ya no brillan. Bebe demasiada cerveza y cierra los ojos cada vez que alguien menciona el nombre de Aelis. Yo siento su dolor como si compartiéramos un mismo corazón, de modo que abandoné la mesa y me fui a incordiar a Perkin.

22 DE JULIO

Día de santa María Magdalena, que estaba prometida con el apóstol san Juan

Morwenna, Meg y yo hemos estado recogiendo hierbas y flores para preparar tónicos. Me encanta caminar por los campos bajo el sol de la mañana, los olores de la bodega donde cuelgan las hierbas puestas a secar, los prodigiosos frasquitos de cristal y los recipientes de cuero dispuestos en los estantes, el viejo libro donde la madre de mi madre y su madre escribieron recetas, consejos y advertencias curativas.

Muchos de esos antiguos remedios requieren alas de alondra o cuervo hervido. Yo los sustituyo por espinas de pescado, uñas, artemisa u otras plantas. Como todavía no ha muerto nadie con mis remedios, espero que sean tan efectivos como los originales. Al menos no hago daño a los pájaros.

24 DE JULIO

San Gleb, que fue apuñalado en el cuello por su cocinero

He comenzado un herbario, un libro de remedios y dibujos que podré llevar siempre conmigo.

26 DE JULIO

Festividad de santa Ana, madre de la Virgen María

Últimamente he advertido que muchos santos eran obispos, papas, misioneros, eruditos y maestros, mientras que las santas casi siempre se convierten en santas por ser la madre de alguien o por rehusar a casarse con algún pagano poderoso. Es evidente que quienes otorgan la santidad son hombres.

27 DE JULIO

Festividad de los siete santos Durmientes, primeros cristianos que fueron encerrados en una cueva por los paganos y despertaron doscientos años después para descubrir que su ciudad era por fin cristiana, y entonces murieron

Un viajero que anoche durmió en nuestro salón dijo que el hermano Norbert y el hermano Behrtwald, los monjes de nuestra abadía enviados a Roma para buscar las reliquias de dos santos, han regresado. Las reliquias sagradas que han encontrado se instalarán con gran ceremonia en la abadía el domingo. Como mi padre está de viaje y el estado de gestación de mi madre es demasiado avanzado para viajar, George, Ethelfritha y yo iremos en representación de la familia. Estoy extasiada al pensar que veré restos de santos auténticos, cuyas almas descansan con Dios aunque sus cuerpos reposen en la abadía de Croydon.

Partimos mañana al amanecer.

28 DE JULIO

Festividad del santo obispo Sansón, cuyo brazo y cuyo báculo se guardan en el monasterio de Milton Abbas

Tras cenar en la posada de la abadía, fui a buscar al hermano Norbert para saber más cosas de los santos que encontró en Roma y sus aventuras del viaje. Me dijeron que estaba cuidando el jardín, pero descubrí que estaba durmiendo entre arbustos de lavanda y romero. Me aclaré la garganta ruidosamente varias veces y no tardó en despertarse.

Las reliquias que los monjes trajeron de Roma, al parecer, son los restos mortales de Félix el romano y su hermano Proyecto. Eran recaudadores de impuestos que se convirtieron al cristianismo y fueron denunciados a las autoridades por su malvado criado, Policarpio, que más tarde fue alcanzado por un rayo. Accedieron a hacer sacrificios a los dioses romanos, porque temían por sus vidas y las de sus familias. Sin embargo, una súbita tormenta apagó el fuego del sacrificio y los romanos, furiosos, pensaron que los hermanos les habían mentido y habían apagado el fuego con su magia.

Los condenaron a ser decapitados, pero un rayo cayó sobre el soldado enviado para cumplir la sentencia. Finalmente, los ataron a un toro enloquecido que, después de hacerlos pedazos, fue también alcanzado por un rayo. Otros cristianos recogieron los restos de sus cuerpos y los enterraron en una granja a las afueras de la ciudad.

Este verano el hermano Norbert y el hermano Behrtwald conocieron a un soldado en el patio de una posada que les contó la historia y luego, por doce peniques, les llevó a la tumba de los mártires, que estaba en la propiedad de su madre. Fue una suerte, dijo el hermano Norbert, que el soldado los guiara, porque la tumba estaba oculta y no tenía ninguna marca. Los hermanos abandonaron Roma con los huesos de los mártires, una uña y un hilo de la mejor túnica de Félix. Gloria a Dios.

29 DE JULIO

Festividad de san Lupo, un obispo que persuadió a Atila, rey de los hunos, para que dejara de saquear las Galias

Esta mañana han llevado las reliquias de Félix y Proyecto a la iglesia en una gran procesión, rodeada por una nube de humo de incienso y de un millar de cirios. La procesión recorrió las tierras de la abadía y entró en la iglesia, donde todos esperábamos. Después de la misa, el abad nos bendijo a todos y nos permitió acercarnos al altar para besar las sagradas reliquias. Al llegar mi turno, descubrí que Félix y Proyecto eran dos diminutas jarritas de cristal llenas de polvo, colocadas en unos enormes soportes de oro adornados con joyas. La jarrita de Félix estaba mucho más llena; sin duda sería el hermano más alto. He rezado pidiendo a los hermanos de Roma que me ayuden a librarme del barbudo, y luego nos hemos ido a casa.

30 DE JULIO

San Tatwin, arzobispo de Canterbury e inventor de acertijos

Durante la comida vi a mi tía Ethelfritha susurrar algo a George. Él le dio unas palmaditas en la mano y sonrió. Se me cayó el alma a los pies al comprobar que George ama a alguien que no soy yo. Pero luego me alegré de ver que volvía a sonreír. Gracias, Dios. Bendice a mi tía Ethelfritha y tápame la boca la próxima vez que intente inmiscuirme en asuntos de amor.

31 DE JULIO

Festividad de san Germán, el único santo que conozco que era hombre de leyes

Mañana es uno de agosto. Se acerca la cosecha. Mi madre está más gorda cada día. No daré mi consentimiento.

Agosto

1 DE AGOSTO

Día de la cosecha y festividad de san Etelwoldo, obispo, cocinero y constructor del mayor órgano de Inglaterra

Hoy la iglesia olía como una panadería, pues todos han ofrecido sus hogazas recién cocidas para dar gracias a Dios por la buena cosecha. Como aún no había desayunado, se me hizo la boca agua y mi estómago daba brincos como una carreta de bueyes cruzando un camino rocoso.

Despúes de la misa celebramos el banquete en el salón. Mis platos favoritos han sido el pastel de anguila y las tortas de jengibre. El más asqueroso, el *pudin* de cisne.

2 DE AGOSTO

Santa Sidwell, virgen que murió cuando su envidiosa madrastra incitó a unos desalmados a decapitarla

El otro día en la pradera advertí que algunos árboles se inclinaban como viejos que soportan pesadas cargas y preocupaciones a sus espaldas. ¿Pero por qué se puede preocupar un árbol? ¿Por los pajarillos que han nacido entre sus ramas y que con el tiempo, al volar por el mundo, pueden ser cazados por un gato, recibir la pedrada de un muchacho o ser capturados sin haberse despedido? ¿Se preocuparán los árboles por la sequía del verano que deja sedientas sus raíces, que no pueden pedir agua y a las que nunca nadie ofrece un trago de cerveza? ¿Temerán que un temprano viento otoñal o un golpe de lluvia les deje sin hojas en lugar de vestirse con los tonos rojizos y dorados del otoño? ¿Por la posibilidad de ser talados para construir una casa o un granero o, peor aún, armas para la guerra o arietes? ¿Les preocupará ser escogidos para que un ladrón sea ahorcado y que su cuerpo quede allí abandonado como una fruta podrida, porque ninguna joven se tumbará entonces bajo sus ramas a pensar? Me gustaría preguntárselo a algún árbol.

4 DE AGOSTO

Día de san Sidney, a quien Dios encomendó ser el patrón de las doncellas, pero él dijo que preferiría ser el patrón de los perros rabiosos, y así es ahora (me gustaría pensar que éste es el santo preferido de mi padre)

Mi padre ha vuelto hoy inesperadamente. La comida no era de su gusto, así que se ha liado a patadas con los perros y los criados.

—Satanás, ¿por qué me has maldecido con un cocinero que se pasa el día en la cocina y sin embargo sus guisos son nauseabundos como pedos? —ha dicho.

A mí me pareció muy gracioso, pero me tapé la sonrisa con la mano. Todo está en silencio ahora.

9 DE AGOSTO

Festividad de san Román, soldado romano y mártir

Mi madre tiene fiebre. No puedo escribir más.

10 DE AGOSTO

Festividad de san Lorenzo, que fue asado sobre brasas y ahora es el santo patrón de los cocineros (a veces la religión es tan misteriosa como el amor)

Todavía le dura la fiebre.

13 DE AGOSTO

Festividad de san Casiano, un severo maestro al que sus alumnos apuñalaron con la punta de sus plumas (completaré mi lista de los diversos tipos de muerte que puede sufrir el barbudo con ésta)

Por fin mi madre se encuentra bien, gracias a Dios, y también el bebé. Tal vez me obliguen a casarme a la fuerza, pero juro que nadie me forzará a concebir un hijo. No sólo es peligroso e incómodo, sino que la criatura podría convertirse en alguien como Robert, o Geoffrey, o como Atila, el rey de los hunos.

Mi padre ha estado más bestia que nunca durante estos días en que mi madre se encontraba mal, por lo menos conmigo, con Morwenna y con los criados. Con mi madre es como un corderito, o como un perro, o una ardilla, bueno, como un animalito manso. ¡Por los pulgares de Cristo! Cuando no ruge, está irreconocible. Quizá lo veo así porque le odio.

15 DE AGOSTO

San Tarsicio, un muchacho romano apaleado y apedreado hasta morir mientras defendía el Sacramento del cuerpo de Cristo

Mi madre ha caído enferma otra vez y he pasado todos estos días y noches velándola. A veces me parece que ella es la hija y yo, la madre, porque le lavo la cara, le canto canciones y la obligo a comer la carne y el queso a pedacitos.

La próxima semana iremos a la feria de Herringford, y será la primera vez, que yo recuerde, que ella no estará con nosotros.

22 DE AGOSTO

Festividad de san Alejandro de Alejandría, que murió mártir tras sufrir una horrible agonía

207

La feria de san Bartolomé constituye los días más ajetreados y alegres del verano. Tras largas preparaciones, partimos de casa contentos y dispuestos a divertirnos. Y hoy estamos aquí.

Antes de partir, mi madre me dio diez peniques para gastar. He comprado un collar de cuentas de azabache para mi madre (tres peniques); un silbato de madera para Perkin (dos peniques); un sonajero para el bebé (un penique); y cuatro pliegos de pergamino para mi herbario (cuatro peniques). En una mañana, me he quedado sin dinero.

Pero todavía me queda mi ración de cerdo y de pastel; puedo vitorear a los caballos más rápidos y los mejores jinetes; disfrutar del espectáculo de los saltimbanquis y magos; reír con los títeres y los gigantes, y aplaudir a todos los danzarines y juglares de la feria.

Esta noche, en la posada, dormiremos en la misma cámara siete personas y siete mil pulgas.

23 DE AGOSTO
San Tydfil, asesinado por los sajones

Pensaba que la imagen más triste del mundo era un águila que vi una vez en el salón de un barón, con las alas atadas, encadenada a una percha de la que continuamente se caía y que aleteaba patéticamente hasta que alguien volvía a levantarla. Pero hay cosas peores. Aquí en la feria he visto un oso bailarín, sarnoso y delgado, que sólo desea que le den de comer y que no le golpeen y le pinchen con saña, como hacen para que interprete sus torpes pasos y sus trucos ante los mirones. La actuación fue tan triste y supuso tan poco beneficio para el dueño del oso, que a éste sólo se le ocurrió anunciar una pelea entre el pobre oso y una jauría de perros, para ver quién sangraba más y moría antes. ¡Tanto dolor para servir de diversión a unos desalmados que harán apuestas!

¿Cómo podemos pensar que estamos hechos a semejanza de Dios cuando nos comportamos peor que las bestias?

Mientras Morwenna examinaba unos cuencos de madera de sauce y unos pucheros de hierro, yo me encaré con el dueño del oso. Intenté hacerle ver la crueldad de sacrificar un oso cuyo único crimen era no desear danzar ante desconocidos. Finalmente él me dijo sonriendo que me vendería el oso, y así podría hacer con él lo que gustase. Tengo el saquito de plata que me regaló el barbudo; pero si lo utilizo para salvar al oso, quedaré encadenada a ambas bestias. Aceptar su regalo significa dar mi consentimiento. Lo había prometido. Puedo ser astuta, tramposa y falsa con mi padre y mis pretendientes, pero temo fallarle a Dios. ¿Qué puedo hacer?

24 DE AGOSTO

Festividad de san Bartolomé, apóstol, que fue despellejado vivo y es el patrón de los carniceros, los curtidores, disecadores y encuadernadores

¡Dios Santo! He hablado con todos los mercaderes de la feria, ricos y pobres, jóvenes y viejos, gordos y flacos, intentando persuadirlos de que un oso danzarín mejoraría sus negocios, aumentaría sus ganancias y les daría fama. Se han reído de mí, me han empujado, pellizcado, han intentado besarme y hacerme cosquillas, hasta me han hecho proposiciones, pero ninguno me ha escuchado. Nadie quiere el oso, pero no puedo abandonarlo a la crueldad de hombres y perros. La pelea está organizada para mañana. ¿Qué voy a hacer?

25 DE AGOSTO
Santa Ebbe, una abadesa que permitía a sus monjas tejer finas ropas, adornarse como novias y descuidar las vigilias y las oraciones (ojalá encontrara una abadía como ésa)

Lo he hecho. He prometido el mondadientes de plata y la mitad del saquito de plata a cambio del oso. Sé que, al aceptar los regalos, he aceptado a quien me los ha dado. Ahora pertenezco al barbudo. Por el bien del oso, estoy resignada. Que Dios me ayude. ¿Qué otra cosa podía hacer?

El dueño ha prometido esperarme con el oso mientras voy a casa y pienso qué hacer con él. Yo lo dejaría vivir libre en el bosque, pero sé que ninguna aldea querrá tener un oso rondando por sus bosques. Acaso pueda convencer a mi padre para que se quede con él. Es tranquilo y bueno (el oso, no mi padre) y no hará daño a nadie. Puede dormir en el establo con las vacas y yo compartiré con él mi comida.

26 DE AGOSTO
San Niniano, que predicó entre los pictos pintados de azul

Estamos de nuevo en casa. Se me rompe el corazón

al recordar la alegría con que partí a la feria para volver ahora condenada a casarme con un desconocido de barba desgreñada y trozos de carne entre los dientes. Estoy hundida, triste y desanimada.

He pedido a todo el mundo que me ayude a cuidar del oso. Mi padre se niega a hablar del tema. Mi madre se puso pálida. Morwenna me soltó un gruñido. Perkin suspiró y miró a otro lado. Estoy rodeada de zafios insensibles e idiotas, a los que se ha sumado el más zafio e idiota de todos. Ha venido Robert. Se burló de mí diciendo que podría casarme con el oso, puesto que me gustan grandes, peludos y estúpidos.

La recogida de la cosecha ha terminado. Los vasallos nos trajeron la última gavilla entre risas y bromas, y todo el pueblo acudió a celebrar una gran cena con nosotros, en el salón. Yo no tenía apetito. En lugar de comer, estuve enfadada y llorando. Le di una torta a Morwenna y me la devolvió de inmediato; di una patada a mi padre en la pierna y a Pimienta le pisé la cola. Al final me echaron del salón. Mi madre vino más tarde a mi aposento e intentó hablarme suavemente sobre la dignidad, el deber y la obediencia. Dijo que yo le recordaba un animal enjaulado, golpeando su pobre cuerpo contra unos barrotes que no ceden. La escuché mansamente, pero es que todo mi ser se estremece ante la idea de pertenecer al despreciable barbudo.

Al pensar en ello me siento como el oso. Ninguno de los dos podemos vivir libres y en paz, ni sobrevivir en este mundo, mas sólo pedimos una jaula menos dolorosa y limitada. Que Dios nos ayude a los dos.

27 DE AGOSTO

San Decuman, un monje galés decapitado mientras rezaba

William Steward me ha hablado de una abadía, al oeste de aquí, cuya abadesa tiene un jardín con leones, lobos y águilas. ¡Tal vez se quede con mi oso! Le supliqué a William que fuera a verla, pero no puede abandonar el feudo. Ni Perkin ni Sym tampoco. Mi padre no accederá. Thomas y Edward no están. Robert ha salido esta tarde, seguramente a causar alguna desgracia por ahí. Me quedan cinco días para resolver esto.

28 DE AGOSTO

Festividad de san Agustín de Hipona, que era libertino y bebedor antes de ser tocado por Dios y convertirse en santo y en escritor de aburridos libros sagrados

Nadie me ayudará. He vuelto a discutir con mi padre. Le dije que me casaría con el barbudo si él se quedaba con el oso. Me respondió que me casaré igualmente y que al infierno con el oso. Me puse a patalear y él me golpeó. Le dije que escaparía a la abadía y me encerró en mi aposento. ¡Por los pulgares de Cristo, todas nuestras discusiones terminan igual!

30 DE AGOSTO

Festividad de san Fiacrio, un ermitaño que odiaba a las mujeres pero amaba las plantas

Todavía sigo encerrada y desamparada. ¿Qué será del oso?

31 DE AGOSTO

Festividad de las santas Quenburga y Cuthburga, hermanas y monjas

Mi madre ha estado aquí.

—Tu hermano, a quien insultas con tanta facilidad, ha viajado toda la noche para llegar a la abadía que hay junto a la costa y ha convencido a la abadesa para que acoja a tu oso. Ya han enviado una carreta y dos hombres a la feria para intercambiar tu plata por la bestia. En agradecimiento, Robert también ha hecho un donativo a la abadesa, de su propio bolsillo. Así que ahora te vas a quedar aquí y pensarás en ello.

¡El oso está a salvo! ¡Gracias a Robert! ¿Robert? Éste no es el hermano que yo conozco. Estoy desconcertada.

Septiembre

1 DE SEPTIEMBRE

Festividad de san Gil, patrón de tullidos, leprosos, madres y herreros

He soportado más lecciones. Permito que mi madre me instruya, pero en cuanto me vaya pienso hacer lo que me plazca. Bien que le he gustado al cerdo de mi prometido sin tener que caminar mirando al suelo y con las manos entrelazadas. ¡Por los pulgares de Cristo! Si no le gusta que me suba las faldas y corra, que me devuelva. ¡Ojalá lo hiciera!

A LAS VÍSPERAS, ESTE MISMO DÍA

Una vez tuve una pesadilla: estaba perdida en el bosque, entre la niebla, oía un jabalí en celo entre los matorrales, cada vez más cerca, y no podía encontrar la salida. Cuando desperté, descubrí que no era un sueño, sino que realmente estaba perdida en el bosque.

214

Hoy me siento igual. He vivido una pesadilla desde la boda de Robert, cuando el cerdo puso por primera vez sus ojos en mí, y ahora despierto para descubrir que es verdad.

Este mediodía ha llegado un mensajero. El barbudo estará aquí antes de que termine septiembre. Nos comprometeremos formalmente y viajaremos juntos al Norte para casarnos en la iglesia de Lithgow. Yo acepté su plata. Consentí. El oso está a salvo y yo, condenada.

2 DE SEPTIEMBRE

Festividad de san Esteban de Hungría, un rey que ordenó a todos sus súbditos que se casasen

Mi padre viajó ayer a Londres, pero no estará ausente mucho tiempo, puesto que desea estar de vuelta antes de que nazca el niño. Mi madre está demasiado delgada para soportar el peso de su enorme tripa. Si no la entristeciera, desearía que el bebé no existiera.

4 DE SEPTIEMBRE

Día de san Ultán, que fundó una escuela, educó y alimentó a los estudiantes pobres, ilustró manuscritos y escribió una vida de santa Brígida

Mi madre lleva dos días con dolores de parto, pero el bebé no viene. Morwenna está con ella ahora. Me ha enviado a descansar, pero no puedo mientras mi madre siga sufriendo.

Los dolores comenzaron el domingo por la mañana, cuando todos estaban en la iglesia. Mi madre dormía y yo me había quedado a atenderla. Empezaron de

215

repente. Yo la calmé lo mejor que pude y luego corrí a buscar a alguien que me trajera a la vieja Nan, de la aldea. Nan siempre está borracha y apesta, pero en los partos que ella asiste los bebés sobreviven.

Todos estaban en misa, salvo William el Raro, que roncaba junto al fuego como un cerdo al sol. Le desperté bruscamente y le dije cómo encontrar a Nan. Él se negó a ir, argumentando que estaba escribiendo cómo el gran rey Arturo condujo a los britanos contra los invasores bárbaros y no había llegado a ninguna pausa. ¡Dios Santo! Le golpeé tan fuerte que derramé su tinta, pero él siguió sentado junto al fuego hablando de un rey muerto mientras mi madre, bien viva, se retorcía arriba entre dolores de parto. ¡El muy zopenco, cabeza hueca, sesos de mosquito!

Volví con mi madre y le canté y le lavé la cara hasta que terminó la misa y la mansión cobró vida otra vez. En seguida fueron a buscar a la vieja Nan.

Mi madre estuvo de parto todo el día y toda la noche, y al día siguiente igual, en vano; pero esta mañana vimos asomar una diminuta cabeza. Nan, temiendo por la vida del bebé, lo bautizó mientras el resto de su cuerpo seguía dentro de mi madre. He preparado una infusión de violetas con vino caliente, he deshecho todos los nudos y he destapado todas las jarras de la casa, pero el bebé no acaba de salir y estoy muy asustada. ¡Santa Margarita, que velas por las parturientas, ayuda a mi madre, que es buena y bastante aguanta con el bestia de mi padre y con sus incorregibles hijos!

5 DE SEPTIEMBRE

Festividad de san Bertín, abad francés y granjero

Nació anoche: una hermosa niñita muy flacucha. Yo le limpié la saliva de la boca y la sangre del cuerpo, la envolví en lino limpio y la recosté junto a mi madre, que lloraba de alegría y cansancio.

Desde entonces mi madre tiene mucha fiebre. Le he frotado la espalda con agua de amapolas y aceite de violetas, y le he dado un poco de vino con miel para beber. Ahora descansa.

La niña duerme en una cuna junto a mi lecho y yo imagino que es mía. He colgado ajo y serbal en torno a la cuna para alejar a las brujas y la observo de cerca para asegurarme de que respira. Respira. Vive.

6 DE SEPTIEMBRE

No sé qué festividad es hoy. La fiebre de mi madre empeora. ¡Querida santa Margarita, que velas a las parturientas, bendita Madre de Dios, oh, Dios Santo, por favor, salvad a mi madre! Nan ha vuelto a la aldea; dice que ya no puede hacer más, pero yo no dejaré de intentarlo. Morwenna y yo le refrescamos la cara con un paño de lino mojado y hemos hecho que beba varias copas de vino. Hemos cerrado todas las ventanas y avivado el fuego, pero sigue ardiendo de fiebre.

7 DE SEPTIEMBRE

No sé cómo puede estar tan caliente sin consumirse ni prender fuego a las sábanas y a toda la casa. Ni yo ni Morwenna hemos dormido desde que nació la niña. Bess, que ayuda en la cocina, se la ha llevado y la alimenta con la misma leche y el mismo amor que a su propio hijo. ¡Dios mío, no sé qué más hacer! Morwenna no me deja entrar en el aposento de mi madre hasta que descanse y coma, de modo que finjo descansar y comer cuando en realidad estoy escribiendo esto y rezando.

8 DE SEPTIEMBRE

Natividad de la Virgen María

Mi madre había empeorado y llamamos al padre Huw para que le diese consuelo. Fue entonces cuando llegó mi padre.

Arrojó al padre Huw escaleras abajo, abrió la ventana de la cámara principal y nos echó a todos fuera. Él se quedó allí con ella, paseando de un lado a otro, susurrando y gritando hasta el anochecer. Entonces salió, con la cara macilenta pero los ojos brillantes, para anunciarnos que ella vive. Y vivirá. ¡Gracias, Dios Santo! Gracias a la Virgen María, que cumple años hoy, y a mi padre, que ha obrado el milagro, por inconcebible que resulte la idea. Yo creo que peleó con el Diablo y ganó.

9 DE SEPTIEMBRE

Festividad de san Querano, abad irlandés que utilizaba un zorro para que le llevara los documentos, hasta que el animal se los comió

Ella vive y el bebé también. Mi madre ha pedido que se traslade la cuna a su aposento, de modo que yo me he preparado un lecho en el suelo junto a ellas. Debo cuidar de ellas. La niña se llamará Eleanor Mary Catherine.

10 DE SEPTIEMBRE

Festividad de san Frithestán, obispo de Winchester

Ahora que estoy a punto de partir, siento cuánto quiero este lugar. Esta mañana me he sentado en el campo, cerca de la aldea, intentando memorizar los sonidos: las ruedas de los carros y el llanto de los bebés, los gritos de los niños, las mujeres comprando, las ocas y los gallos... Los perros ladraban, la rueda del molino golpeaba el agua y el martillo del herrero repicaba como la campana de una iglesia. He guardado estos momentos en mi corazón para poder recrearlos como una melodía siempre que lo necesite.

11 DE SEPTIEMBRE

Festividad de los santos Proto y Jacinto, hermanos y esclavos, que fueron degollados

Estoy pintando en la pared de mi aposento a Dios con la pequeña Eleanor en brazos. Yo no me imagino a Dios como un anciano de pelo blanco. Dios puede ser lo que Él quiera, ¿por qué iba a elegir ser un viejo? El abuelo de Thomas Baker es anciano; no tiene dientes, tose, escupe y se queja. John Over-Bridge también es viejo. Tiene que ir al bosque para orinar cojeando y apenas es capaz de volver a su casa. Yo creo que Dios no elegiría ser un anciano. Ni una mujer: por si el padre de Dios le obligaba a casarse con un cerdo con calzones. Yo imagino a Dios como un joven rey, limpio y de reluciente armadura, con las piernas largas y los ojos dulces, montado en un caballo blanco, cantando y sonriendo. Y así es como está en la pared de mi aposento.

12 DE SEPTIEMBRE

San Ailbe, un obispo irlandés que fue amamantado por una loba

Estoy emocionada, triste y confusa. No puedo hablar de esto con Aelis, porque ella es la causa. Nos hemos encontrado esta mañana en la pradera. La estuve esperando allí hasta que el Sol estaba ya muy alto; me brotaron miles de pecas en la nariz antes de que apareciera. Llegó sudando y respirando agitadamente, pero no sólo por el calor y la cuesta. ¡Su padre le ha dicho que debe casarse con mi hermano Robert!

Me arrojé sollozando en sus brazos, intentando consolarla diciéndole que las dos estábamos atrapadas, pero que podíamos huir juntas y ser titiriteras, y que al infierno mi promesa y el barbudo... Entonces Aelis se echó a reír y me tapó la boca.

—Calla de una vez, Pajarillo —dijo—. Casarme con Robert es mi sueño.

Y se puso a cantar y reír. Me di cuenta de que estaba radiante. ¡Robert! Sin duda una bruja bromista había hechizado a Aelis. ¡Robert! Intenté explicarle que mi hermano era un bruto, pero sus mejillas enrojecieron y dijo:

—Sí, ya lo sé. Robert es un hombre de verdad.

¡Por los pulgares de Cristo! ¡Robert!

De modo que ahora estoy emocionada, porque Aelis se convertirá en mi hermana; triste, porque yo no estaré aquí para disfrutar de su compañía, sino que seré prisionera de un cerdo del Norte que envía a su prometida un mondadientes y un costurero; y sobre todo, confusa. ¿Por qué querrá Aelis casarse con Robert? ¿Y George, a quien juró amar hasta la muerte? ¿Y quién es Robert: el hermano bruto o el amante que ve Aelis? ¿Es un pícaro bromista o el joven que salvó a un oso apaleado para complacer a su hermana? A veces las personas son como las cebollas: suaves y simples por fuera, pero por dentro, capa tras capa, complejas y profundas.

13 DE SEPTIEMBRE

Festividad de san Juan Crisóstomo, obispo de Constantinopla, que murió durante un viaje muy malo

Después de comer busqué a Robert y le pregunté si no estaba apenado por la muerte de su pobre esposa y su hijo, y cómo podía pensar en casarse tan pronto. Él me dijo que no metiera la nariz en sus asuntos y sonrió. Ha perdido un diente. Bien.

He terminado de pintar el rostro de la pequeña Eleanor en la pared de mi aposento. Tal vez cuando crezca sea su aposento y pensará en la hermana que vivió, durmió y pintó aquí.

Sólo cinco días para encontrarme con el barbudo.

14 DE SEPTIEMBRE

Exaltación de la santa Cruz, que el emperador Heraclio trasladó a Jerusalén

Hemos recogido frutos secos: nueces, castañas y avellanas; sobre todo los frutos dobles, que protegen contra el reumatismo y el hechizo de las brujas. Mientras los íbamos recogiendo, me imaginé su sabor en salsas y pasteles, o asados en una tormentosa noche de noviembre. No puedo creer que no estaré aquí para compartirlos con mi familia.

Cuatro días para encontrarme con el barbudo.

15 DE SEPTIEMBRE

Festividad de san Adam, obispo de Escocia que fue quemado por su pueblo por aumentar los impuestos sobre las vacas

Tres días para encontrarme con el barbudo.

Mi madre me ha dejado mirarme en su espejo de plata pulida.

—Debo saber qué aspecto tengo —le dije—, cómo soy ahora, antes de convertirme contra mi voluntad en *lady* Barbuda.

Ella desenvolvió el espejo del paño de terciopelo que lo cubría y lo sostuvo ante mí. Mis ojos siguen siendo grises, no azules, y mi pelo castaño, no rubio. Las pecas siguen ahí, salpicadas por la nariz y las mejillas, aunque mi madre dice que, cuando no frunzo el ceño o bizqueo, estoy muy guapa.

16 DE SEPTIEMBRE

Santa Edita, virgen, cuyo pulgar permanece incorrupto

Eso de empeñarme en tener los ojos azules y el cabello dorado como las doncellas de las canciones es inútil. Creo que es más fácil cambiar las letras de las canciones que mi cara. De modo que he comenzado a escribir esta canción:

«Sus ojos eran grises y su pelo castaño.
Hacia la feria viajaba cada año,
y resultaba hermosa
con su nariz pecosa.
¿Para qué serviría tener azules los ojos
si eso no calmaría sus enojos?»

Ya la terminaré otro día.

17 DE SEPTIEMBRE
Conmemoración de la aparición de las sagradas llagas de Cristo en el cuerpo de san Francisco de Asís

Morwenna y yo hemos recogido mis vestidos y mantos. Luego he estado vagando por la casa, despidiéndome de los gatos del granero y las gallinas, de las cabras de Perkin y los cerdos de Sym, de Meg en la vaquería, de Gerd en el molino y de Rhys en los establos. Cuando llegué al palomar, las palomas me han recordado a mí misma, criadas para procrear y morir; de modo que las solté. Seguro que vuelven (las palomas no son muy listas), pero por ahora son libres.

También liberé los pájaros de mi aposento. Los llevé uno a uno a la ventana y les di mi bendición al abrir la jaula. ¡Adiós, Ajenjo, Licopodio, Azafrán, Salvia y todos los demás! Ahora que viviré en una jaula, no podía dejarlos a ellos así. Solté a todos menos al papagayo, que no sobreviviría en libertad. Se lo di a Perkin, así como la mitad que me quedaba de mi saquito de plata, para que pueda comprar su libertad de las obligaciones que le unen a mi padre e irse a estudiar. Sé que lo hará. Perkin sigue siendo la persona más inteligente que conozco.

Un día para encontrarme con el barbudo.

21 DE SEPTIEMBRE

Festividad de san Mateo, apóstol y evangelista, martirizado en Etiopía (o en Persia)

El último día que escribí ya aparecieron en nuestro salón los mensajeros del barbudo. Mientras estaban encerrados con mi padre a la mañana siguiente, subí a los prados para despedirme de Perkin. Sin embargo, cuando llegué al cruce, giré hacia el Norte. Estaba asustada, como un animal perseguido por los perros, y sólo pensaba en escapar. Entonces me acordé de mi tía Ethelfritha guiñándome un ojo y diciéndome que acudiera a ella si la necesitaba. «¡Por todos los diablos, eso haré!», pensé. No me fío del tío George, pero la tía Ethelfritha sí me ayudará. Me puse una ramita de artemisa en el zapato para no cansarme durante el viaje y partí hacia York.

Caminé durante dos días y, con artemisa o sin artemisa, cuando llegué, parecía un pato agonizante bajo una tormenta. No llevaba ni un penique, ni un mendrugo de pan, y, por miedo a que me vieran, no me atreví a pedir comida. El estómago estuvo torturándome todo el camino hasta York. Dormía al raso y, gracias a Dios, no llovió hasta la última tarde. Cuando llegué, ayer, justo después de la cena, estaba tan hambrienta y débil, y tenía los pies tan hinchados, que no podía dar ni un paso más.

Mi tío George no estaba esa noche, pero sí mi querida tía Ethelfritha, un poco más regordeta, alegre y cariñosa. Me recordó a Morwenna, porque me hizo lavarme y peinarme antes de permitirme comer. Si me hubiera dicho «come un poco de queso, para que te abra el apetito», habría jurado que era Morwenna. Por fin me dio pastel de arenque, que quedaba de la cena, y *pudin* de verduras, mientras yo le contaba mis desgracias.

Nos acurrucamos en un enorme lecho y estuvimos hasta muy tarde trazando planes para mi liberación.

—Irlanda —dijo ella al principio—. Cruza el mar hasta Irlanda, donde, a buen seguro, tu madre tiene parientes que te ocultarán y protegerán.

A mí Irlanda no me parecía un destino fácil, de modo que propuse Londres, donde podría ganarme la vida... ¿Cómo? ¿Bordando? ¿Cosiendo sábanas? ¿Preparando remedios para el dolor de cabeza y las piernas hinchadas?

Ni Irlanda ni Londres. Nos dormimos sin encontrar una solución. Antes del amanecer me despertó un chillido y un rostro lleno de pelillos en la barbilla justo al lado del mío.

—¡Catay! —era Ethelfritha—. George debe de conocer mercaderes que comercian con Catay. Te disfrazamos de esclava con muchos velos y te ponemos sobre un camello, como si fueras un regalo al gran khan. El viaje dura tres años, por montañas nevadas y desiertos interminables, así que nadie te encontrará. O de bailarina —volvió a gritar—. Seremos dos esbeltas bailarinas de alguna corte sarracena a cuyo sultán embrujamos con nuestra belleza. O pediré ayuda a mis hijos, al rey, al papa y a san Pedro... —y se sumergió en algún rincón de su imaginación, para convertirse en un personaje de su invención.

¡Por los pulgares de Cristo! ¡Mi tía Ethelfritha está loca como una cabra! Había vuelto a olvidarse de quién era justo cuando yo la necesitaba. Me hallaba sola con mis problemas y sola habría de concebir un plan antes de que George llegara a la casa, para poder convencerle de que debía ayudarme.

Más tarde, sentada bajo un peral y bajo una suave llovizna, pensé en mis opciones. No tenía ningunas ganas de pasarme tres años entre montañas nevadas ni de acabar en alguna corte sarracena. No podía ser un monje apartado del mundo. No podía ser un cruzado, cabalgando sobre los ensangrentados cuerpos de unos desconocidos a los que se suponía que debía odiar; ni un juglar sin amigos ni hogar fijo. No podía ser como William el Raro, que sólo se relaciona con los muertos sobre los que escribe, mientras los vivos ríen y lloran. No podía ser como la tía Ethelfritha, que olvida quién es realmente para convertirse en un personaje imaginario.

De pronto recordé las palabras de aquella anciana judía: «Pajarillo, en la otra vida, nadie te preguntará por qué no has sido George o por qué no has sido Perkin, sino que te dirán por qué no has sido Catherine». Y vi claro que no hay escapatoria. Soy quien soy, esté donde esté.

Como mi oso y mi papagayo, no puedo sobrevivir por mí misma. Pero tampoco puedo sobrevivir si no soy yo misma. ¿Y quién soy? No soy ni un juglar, ni una curandera, sino Catherine de Stonebridge, llamada Pajarillo, hija de *lord* Rollo y *lady* Aislinn, hermana de Robert, Thomas, Edward y la pequeña Eleanor, amiga de Perkin, un cabrero y un sabio.

Soy como los judíos de nuestro salón, expulsados de Inglaterra, obligados a pasar de una vida a otra. Pero aun así, no son exiliados, porque dondequiera que vayan llevan consigo sus vidas, sus familias, su pueblo y su Dios, como una luz que nunca se extingue. Me los imagino en algún lugar de Flandes, con su comida judía y su lengua de caballo, amándose unos a otros y a su Dios. Siempre en su hogar, incluso en el exilio.

De la misma manera, mi familia, Perkin, Meg, Gerd, Aelis y los gatos del granero e incluso mi padre forman parte de mí, y yo soy parte de ellos. Aunque empiece una nueva vida, no estaré muy lejos de casa.

Puede que al barbudo le hayan entregado mi cuerpo, pero yo seguiré siendo yo. Tal vez sea posible cumplir con mi deber y seguir siendo yo, sobrevivir y, si Dios quiere, incluso prosperar. He vencido a mis propios leones como un guerrero de la *Biblia*, y estoy preparada para luchar contra el enemigo. Él descubrirá que esta belleza de ojos grises y piel morena por el sol no es una presa fácil. Amén.

Después de cenar, llegó mi tío George. Se mostró sorprendido pero complacido al verme. Sonrió y sus ojos brillaron cuando le conté los demenciales planes de Ethelfritha y mi decisión: no puedo escapar de mi vida, pero sí puedo utilizar mi determinación y mi coraje para hacer que sea lo mejor posible. George me llevará mañana a casa en carro, por suerte para mis pies.

22 DE SEPTIEMBRE

Festividad de san Mauricio y sus seis mil seiscientos sesenta y seis compañeros, soldados romanos de la legión de Tebas martirizados por negarse a ofrecer sacrificios a los dioses paganos

Partimos dentro de una hora. En el jardín de George he visto un sapo. Ojalá me traiga suerte. Como dice Morwenna, la suerte ayuda.

23 DE SEPTIEMBRE

Festividad de santa Tecla de Iconio, virgen y seguidora de san Pablo, que, condenada a la hoguera, una tormenta extinguió el fuego, arrojada a las fieras, no fue devorada, y al fin vivió en una cueva durante setenta y dos años

Estoy de nuevo en casa. ¡Menudo alboroto! Me han besado, abofeteado y sermoneado hasta que casi se me caen las orejas. Conté mi historia y luego me senté a oírles a ellos.

Parece que Dios, efectivamente, vela por mí. O que los sapos traen suerte de verdad. Éstas son las novedades:

Los mensajeros del Norte no vinieron a reclamar a la novia para el barbudo, sino a anunciar su muerte en una pelea de taberna por culpa de una mujer. Su hijo

Stephen es ahora el barón de Selkirk, señor de Lithgow, Smithburn, Random y Fleece, y solicitó el honor de contraer matrimonio en lugar de su padre. Me ha enviado un broche esmaltado con un pajarillo que lleva una perla en el pico. Ahora mismo lo llevo puesto.

A mi madre y mi padre les da igual que me case con Stephen en lugar de con su padre, pero para mí es como salir de las tinieblas y ver la luz, como cambiar el frío y gris invierno por el fuego de un salón cálido y resplandeciente; es como comparar un huevo podrido con una rosa.

Mientras estoy aquí sentada en mi aposento, viendo el atardecer, noto que ya no siento el temor que me ha atormentado durante medio año. El barbudo se ha ido. Ni siquiera recuerdo bien su aspecto, su comportamiento o su voz. Tal vez no fue nunca tan malo como yo lo imaginaba. O tal vez sí.

En cualquier caso, ahora, si no soy del todo libre, dispongo de una jaula menos dolorosa. Estoy temblando, nerviosa, pero creo que se trata de la ilusión con que veo mi futuro. De Stephen sólo sé que es joven y limpio, que le gusta aprender y que no es barbudo. Sólo por esto, estoy dispuesta a amarle.

He estado haciendo una lista de nombres para nuestros hijos. Creo que al primero lo llamaré George. O Perkin. O Edward. O Ethelfritha. O Meg. O tal vez Stephen. El mundo está lleno de posibilidades.

Me iré en octubre. ¡Sólo queda un mes para encontrarme con Stephen!

*　*　*

Aquí termina el libro de Catherine, llamada Pajarillo, del feudo de Stonebridge, en el condado de Lincoln, Inglaterra, bajo el designio de Dios. Ahora te dejo a ti, Edward, que juzgues si el ejercicio de escribir un diario me ha ayudado a ser más madura, observadora e instruida. ¡Por los pulgares de Cristo!

Nota de la autora

La Inglaterra de 1290 resulta un país extraño incluso para quienes viven ahora allí. Si comparamos la Inglatera actual con la medieval, tal vez reconociésemos algunas cosas: las mismas colinas, el mismo mar, el mismo cielo. Las personas, altas o bajas, jóvenes o ancianas, vestían ropas que podemos identificar y hablaban una lengua que muchos entenderíamos. Pero su mundo era muy diferente del nuestro. No se trata únicamente de lo que comían, de sus escasos hábitos de higiene o de quién decidía los matrimonios; es que la gente de la Edad Media vivía en un lugar al que nunca podremos ir, con unos valores, un modo de pensar y unas creencias que se basaban en lo que era importante para ellos.

La diferencia comienza con el modo en que las personas se veían a sí mismas. Cada uno ocupaba un lugar concreto en la comunidad, ya fuera ésta una aldea, una abadía, un castillo, una familia o un gremio. Pocos se planteaban la posibilidad de cambiar. Hasta los apellidos estaban ligados al lugar al que pertenecían o la actividad que desempeñaban. Perkin, el cabrero que quiere ser estudiante, es un caso insólito.

Nuestras ideas de individualismo, realización personal, derechos y éxito personal no existían. La familia, la comunidad, el gremio y el país eran lo más importante. Nadie era independiente del todo, ni siquiera el rey. Las personas estaban arraigadas a una tierra.

Cuando Guillermo, duque de Normandía, conquistó Inglaterra en 1066, decidió que ese territorio le pertenecía. Lo dividió en grandes parcelas que otorgó a sus partidarios (barones, condes, duques y grandes hombres de la iglesia). Ellos, a su vez, arrendaron porciones más pequeñas a abades y caballeros, que cedieron, de igual modo, parcelas todavía más reducidas a los granjeros, molineros y herreros de las aldeas. Los de abajo pagaban la renta a los de arriba, que pagaban al rey, y todos protegían a los que estaban por debajo, cerrándose así un gran círculo en el que todos estaban relacionados. El rey cooperaba con el arrendatario más humilde, porque hasta la parcela de tierra más pobre de la aldea más remota dependía de él. A cambio, el rey garantizaba la protección de todos sus súbditos.

Algunos grandes nobles poseían numerosos feudos con muchas aldeas dispersas por toda Inglaterra. Otros, como el padre de Catherine, eran caballeros que tenían la tierra suficiente para mantener a su familia, tierra por la cual el caballero debía pagar a su señor con sus servicios o el equivalente en dinero. Los aldeanos arrendaban parcelas al caballero a cambio de trabajo, bienes, dinero o las tres cosas.

Aunque los grandes señores feudales habitaban en

castillos y los de menor categoría en grandes mansiones, la mayoría de los ingleses de 1290 vivía en aldeas, en pequeñas casas que bordeaban el camino que conducía de la gran casa feudal a la iglesia. Eran pueblos minúsculos para nosotros, formados por una treintena de casitas, con sus huertos y gallinas. Por otro lado, los campos se dividían en franjas para que cada villano tuviera la misma calidad de tierra.

En estas aldeas el tiempo transcurría lentamente y siempre de manera cíclica, un círculo marcado por el paso de las estaciones, las fiestas religiosas y las fiestas anuales propias de cada aldea. La vida cotidiana estaba regulada por el amanecer y la puesta de Sol, ya que no existían relojes, ni luz eléctrica, y las velas eran caras y peligrosas en unas casas hechas de paja y madera. La mayoría de la gente no sabía en qué siglo vivía y mucho menos en qué año.

Así pues, en la Edad Media la palabra «futuro» no significaba la semana siguiente o el año venidero, sino el mundo que había de llegar, la vida después de la muerte, la eternidad, el cielo o el infierno. Puesto que la Iglesia intervenía a la hora de decidir quién entraría en el cielo, contaba con una gran autoridad. La Iglesia tenía poder, tierras y riquezas. Los tribunales eclesiásticos podían condenar a una persona a muerte por herejía. La blasfemia no sólo era un pecado, sino también un delito. Todo el mundo amaba a Dios, y todos lo adoraban de la misma manera, al mismo tiempo y en los mismos lugares. La Iglesia sostenía que Dios odiaba a los que no cumplían sus rituales, es decir, paganos, herejes y judíos, así que estas gentes podían ser asesinadas en Su Nombre. Todo el mundo esperaba que la vida después de la muerte fuera mejor que ésta.

También los niños formaban parte del gran círculo de la vida. Aprendían de sus mayores y pasaban este conocimiento a sus propios hijos. Los hijos de los villanos rurales aprendían a ayudar en la casa o en los campos a muy temprana edad, atendían a los animales o a otros niños más pequeños. En las ciudades, los niños solían convertirse en aprendices de artesanos o eran enviados a otras casas como criados.

Los hijos de los nobles, chicos y chicas, solían criarse en casas ajenas a las de sus familias. Una vez, un visitante de Italia preguntó por qué los padres mandaban fuera a sus niños y le dijeron: «Los niños aprenden mejores modales en casas ajenas».

Chicos como Geoffrey servían al señor de un feudo mientras se entrenaban para ser caballeros. Muchachas como Catherine o Aelis eran enviadas a un feudo importante, como Belleford, donde atendían a la señora de la casa y aprendían música, costura, las labores del hogar y buenos modales. También aprendían remedios medicinales, pues la señora del feudo era la encargada de atender a los enfermos, ya fuesen fracturas, catarros, toses e incluso enfermedades más graves. Y los únicos remedios que se conocían eran los obtenidos con plantas y otros ingredientes naturales. Algunos eran realmente efectivos, como el empleo de amapolas para calmar el dolor. Otros eran inútiles; por ejemplo, para las dolencias cardíacas o hepáticas, se empleaban hojas con forma de corazón o de hígado. Muchas enfermedades no tenían cura, ni había más alternativa a las plantas medicinales que la magia o la suerte.

A casi todas las muchachas se las preparaba para el matrimonio, que entre las clases nobles no era una cuestión de amor sino de economía. Los matrimonios se pactaban para acumular tierras, ganar aliados o pagar viejas deudas. Las mujeres eran una posesión utilizada para fortalecer las alianzas familiares, la riqueza o la posición social. Catherine, al oponerse a su boda, tuvo que enfrentarse al peso de una tradición. La mayoría de las muchachas, sin embargo, accedía sin más al matrimonio pactado; desconocían otra alternativa.

Si lo contemplamos desde nuestra perspectiva, seguros y bien alimentados, la Edad Media puede parecernos dura, cruel y sucia. Pero los ingleses de esta época mostraban también una gran pasión por la diversión, la danza, los chistes y los juegos. Muchas familias, como la de Catherine, se entretenían junto al fuego contando acertijos, mientras asaban manzanas y escuchaban música. Los aldeanos olvidaban sus duras y tediosas vidas en épocas señaladas, y bailaban en la fiesta del uno de mayo, saltaban las hogueras para celebrar el solsticio de verano en san Juan y compartían la cena de Navidad con su señor.

¿Podemos realmente comprender el mundo medieval hasta el punto de escribir o leer libros al respecto? Yo creo que, al menos, podemos identificarnos con todo aquello que compartimos con aquella gente: la necesidad de llenar el estómago, de estar abrigado y seguro, la capacidad de sentir miedo y alegría, el amor por los niños, el placer de ver un cielo azul o unos ojos hermosos. En cuanto al resto, tenemos que imaginarlo y comprender que el ser humano es así, y así ha sido.

Notas de traducción

Con la intención de acercar al lector español al texto original tanto como sea posible, incluimos aquí la traducción de algunos nombres de ciertos personajes que aparecen a lo largo de la novela y cuyo significado podría resultar interesante.

Nombre inglés	Traducción castellana
At-Wood	En el bosque
Baker	Panadero
Cotter	Campesino
Farrier	Herrero
Lack-Wit	Sin gracia
Littlemouse	Ratoncillo
Mustard	Mostaza
Stonebridge	Puente de piedra
Proud	Orgulloso
Steward	Administrador
Swann	Cisne